O enigma do último homem

Editora Appris Ltda.
1.ª Edição - Copyright© 2024 do autor
Direitos de Edição Reservados à Editora Appris Ltda.

Nenhuma parte desta obra poderá ser utilizada indevidamente, sem estar de acordo com a Lei nº 9.610/98. Se incorreções forem encontradas, serão de exclusiva responsabilidade de seus organizadores. Foi realizado o Depósito Legal na Fundação Biblioteca Nacional, de acordo com as Leis nos 10.994, de 14/12/2004, e 12.192, de 14/01/2010.

Catalogação na Fonte
Elaborado por: Dayanne Leal Souza
Bibliotecária CRB 9/2162

A447e
2024
	Almeida, Jones A. de
	   O enigma do último homem / Jones A. de Almeida. – 1. ed. – Curitiba: Appris, 2024.
	   224 p. ; 23 cm.
	
	   ISBN 978-65-250-7126-8
	
	   1. Literatura. 2. Filosofia. 3. Trabalho voluntário. I. Almeida, Jones A. de. II. Título.
	                                                                    CDD – 863

Appris editora

Editora e Livraria Appris Ltda.
Av. Manoel Ribas, 2265 – Mercês
Curitiba/PR – CEP: 80810-002
Tel. (41) 3156 - 4731
www.editoraappris.com.br

Printed in Brazil
Impresso no Brasil

Jones A. de Almeida

O enigma do último homem

Curitiba, PR
2024

FICHA TÉCNICA

EDITORIAL	Augusto V. de A. Coelho
	Sara C. de Andrade Coelho
COMITÊ EDITORIAL	Marli Caetano
	Andréa Barbosa Gouveia (UFPR)
	Edmeire C. Pereira (UFPR)
	Iraneide da Silva (UFC)
	Jacques de Lima Ferreira (UP)
SUPERVISORA EDITORIAL	Renata C. Lopes
PRODUÇÃO EDITORIAL	Daniela Nazário
REVISÃO	Katine Walmrath
DIAGRAMAÇÃO	Amélia Lopes
CAPA	Carlos Pereira
REVISÃO DE PROVA	Bianca Pechiski

Canta, ó deusa... a cólera de Aquiles...
(Homero)

Alegria... a nossa maior vingança.
(Grafite em um muro da Ilha)

AGRADECIMENTOS

Agradecimentos a Vera Regina C. Abreu, Jose R. Silvino Correa, João M. Aurore Romão, Martinho G. Santafé Neto, Sergio P. Guida, Gilda Dione Delgado, Luiz Pucu, Luiz F. Mello, Carlos A. Martins de Barros, Sonia R. Medeiros, Regina Barreto, Francisco Maciel, Marcos Pitz, Fernando D. Morgado, Luís A. Simões, Hugo J. B. Quiroga, Flavio Almada, João Brancoli, Lian T. Frota, Fabio P. Carmo, Alexandre Carloni, Wagner Meirelles, Luiz Mello, e, especialmente, a Silvia Noya.

Aos meus irmãos e irmãs.

*Todos os personagens e a Ilha são fictícios.
Real, apenas, a Arte, a Filosofia e a Ciência.*

SUMÁRIO

I
Onde se trata, na Ilha, entre as quatro paredes de um consultório médico, do método de aproximar as questões trazidas pelos pacientes, com as teses de alguns eruditos, na difícil arte do diálogo entre mortos ilustres e sobreviventes ignorados. 23

II
Onde se mostra que um filósofo alemão chegou a compreender, por um breve período, as relações interpessoais na Ilha, mas havendo poucos amantes de nossas perplexidades alguns filósofos e muitos retóricos declinaram do difícil juízo. 27

III
Onde encontro um paciente que provoca uma discussão sobre contemplação estética e ascetismo, ao relatar o risco a que se expunha em sua antiga residência, por ter, ela, muro baixo e, ele, lesões que comprometem a expressão da voz e das pernas. 30

IV
Onde se discute, em meio ao antigo conflito entre fé e razão, a opinião de um refinado francês, a finitude dos traficantes, o ato médico e o enigma do último homem — o inventor da felicidade. 33

V
Onde se expõe a relação entre a Mata Atlântica, o Paraíso, a perseguição aos Panteístas, a negação da beatitude e o estranho silêncio de um poeta medieval diante de um santo. 36

VI
Onde encontramos a conjunção entre um psiquiatra suíço, dois poetas românticos, um austríaco pensador da suspeita, alguns imunodeprimidos, Ligia Dora e eu, no lixão da cidade, em busca da cura para o "mal-estar" na civilização. 40

VII
Onde se observam as inovações em mobilidade social na Ilha transformarem passageiros em amigos de bandidos e céticos admitirem, em causa própria, como verdadeiro o conhecimento veterinário de um filósofo grego. 43

VIII
Onde se vai buscar no "Guia dos Perplexos" de um filósofo nascido em Córdoba a arte de agendar consultas para os parentes dos traficantes e o esboço de uma ciência comparativa da exaustão médica. 45

IX
Onde se comparam as biografias de dois românticos — um poeta inglês e o chefe do tráfico de drogas local — em um emaranhamento de analogias, similitudes, e se nega à alegria sua prerrogativa de ser a nossa maior vingança. 48

X
Onde, embaixo do viaduto, através de suas frestas observamos a Lua, a pulsação das Cefeidas, o plasma das Nebulosas, o lugar em que se realiza um ser e a variedade geométrica de nossa natureza. 53

XI
Onde é discutido se categorias sociológicas exógenas podem explicar a insônia e a revolta do proprietário da mercearia, o seu olhar desiludido e o pensamento hegemônico da pequena burguesia. 55

XII
Onde é apresentada a relação dos direitos inalienáveis do homem de ser torturado pelo tribunal do tráfico, pelos governos retrógrados, em meio a algumas questões metafísicas e ao acolhimento fraterno dos antigos terapeutas. 58

XIII
Onde são expostas as nossas autorrepresentações em meio à opinião de um antropólogo, de um filósofo com tendência suicida, da evasão de um poeta inglês, da fé no Uber e em um capelão medieval, além de dúvidas sobre o nosso processo civilizatório. 61

XIV
Onde a Ilha é comparada à triste cidade de Zurique e o meu entusiasmo confrontado com o "amor fati" de um filósofo alemão e o sentimento de tédio do califa de Córdoba. 64

XV
Onde se busca explicar a ideologia do trabalho voluntário em meio à cultura do clientelismo político, os paradoxos de comportamento dos habitantes da Ilha e o subterfúgio da promessa feita à minha mãe. 66

XVI
Onde um paciente, antigo seminarista, deprimido, recusa os nove devaneios de um francês, caminhante solitário, a dialética da ascensão, o aconselhamento estoico e um inibidor seletivo de recaptação de serotonina. 69

XVII
Onde é explorado o surrealismo dos desocupados através de um amigo do cantador de Vitória da Conquista, de um livro de astronomia e de uma xilogravura do Renascimento nórdico, a qual foi confundida com um hipopótamo. 71

XVIII
Onde se descreve a insensibilidade de um juiz ao não reagir diante da ameaça de morte a um pescador, nem na defesa das pessoas que se dedicam à filosofia e lutam pela preservação da sombra dos burros. 74

XIX
Onde se tenta expor os seis novos paradigmas da ciência, antes da interrupção causada pelo movimento dentro do ônibus, pelo atendimento a dois pacientes esquizofrênicos e a tristeza por observar as flores que morreram no asfalto. 77

XX
Onde se recorre ao último dos romanos e primeiro dos escolásticos, na tentativa de conciliar a fleuma dos matemáticos, a angústia dos poetas, a morte dos traficantes jovens e o filósofo que ensina as moscas a saírem do vidro. 79

XXI
Onde se apresenta uma breve descrição da vida comunitária e é negada a distinção entre a vida besta, a filosofia, a poesia e a ciência, ao afirmar a esperança em visões místicas. 83

XXII
Onde a filha do cego Jorge lamenta no consultório o sequestro do pai e dá origem a uma discussão sobre a afinidade entre o conceito de felicidade e uma pequena pensão do INSS. 85

XXIII
Onde se analisa, depois de um tiroteio, o debate entre aqueles que nunca puxaram uma carroça, os operários da indústria fordista, o trabalho dos médicos e, ao fim, se apresenta um apelo sobre a necessidade de uma nova fenomenologia para as questões relativas ao sofrimento. 87

XXIV
Onde se observam, na Ilha, os mortos governando os vivos, quando os empreendedores da nova civilização comercial se esforçam por superar a Roma máxima em sutilezas do espírito e estratégias. 91

XXV
Onde a lógica aristotélica sofre restrições pelo fato de uma mulher, refém com sua neta, na própria casa, ser obrigada a dar café e almoço aos bandidos, além de negar à neta o real valor de um silogismo. 93

XXVI
Onde uma paciente, avó de um traficante de 18 anos morto pela polícia, não quer mais se tratar por não compreender, como os matemáticos, que o caos é imanente à nossa existência e, embora as condições iniciais determinem os fatos, a sensibilidade a essas condições é imprevisível. 95

XXVII
Onde são comparadas as reações na Ilha ao movimento feminista, enfatizando o poder que as mulheres têm sobre os meninos e os efeitos de tal educação em não abrandar no espírito deles, quando adultos, a perseguição às irmãs dos outros. 97

XXVIII
Onde se compara o silêncio dos habitantes da Ilha, diante de nossas tragédias, com o mutismo de um matemático inglês, para que uma bala perdida não lhe caísse sobre a cabeça, no período em que esteve no Parlamento, acrescido de sua radical reação, como um bicho estranho, ao dizer: "Hypotheses non fingo". 99

XXIX
Onde se inicia uma discussão sobre um exército de jovens sem futuro, a falta de diálogo na Ilha e o exemplo de reintegração social de um escultor florentino, após processo judicial, por ter ele se envolvido em alguns "autos de resistência". 102

XXX
Onde se percebe uma relação entre o ato médico, os ritos religiosos, a troca de turno dos traficantes de drogas, a rotina dos peregrinos adictos e uma tese de um filósofo dinamarquês sobre a "repetição" como transcendência.
105

XXXI
Onde se medita sobre a busca da paz na Ilha, na comparação com a solução inglesa, a proposta kantiana, a alternativa dos santos e, finalmente, a recusa dos traficantes em adotar modelos extrínsecos à tradição cultural da periferia. 108

XXXII
Onde se encontra um vendedor de empadas, em meio aos tiros e ao apetite voraz dos traficantes, um mendigo esquizofrênico, os fanáticos em política, os seus marqueteiros digitais e o motivo do Brasil de hoje não compreender um filósofo francês. 112

XXXIII
Onde se calcula o risco de ir ao posto de saúde, de motocicleta, contornando o mangue, e a demonstração científica pela qual Adão e Eva se encontravam imóveis no Paraíso, até o esclarecimento do pecado da imprudência, pelo rigor da cinemática. 116

XXXIV
Onde se acompanham crianças na rua, no consultório médico, e o desaparecer da "árvore milagrosa que sonhamos", e se faz uma reflexão sobre a natureza dos "anjos caídos" em nossa comunidade, com o auxílio de alguns poetas. 119

XXXV
Onde se vai, através de uma densa floresta negra e sem hermenêutica adequada, em visita domiciliar a uma velha senhora de olhos astutos, na ingênua tentativa de observar "o que se manifesta, mas não se deixa ver...". 122

XXXVI
Onde, ao se atender ao pedido da mãe de um condenado por uma receita médica, se revela a rotina de visita a um presídio, em que doces e salgados têm horário de entrada, e inocentes, como um escritor de Praga, não sabem como recorrer ao auxílio de um santo e seu fio de Ariadne. 125

XXXVII
Onde se encontra um cego que provoca uma reflexão, sobre por que devemos estar felizes, por pertencer ao povo mais infeliz de todos os povos da Terra, e nos dispor ao acolhimento dos habitantes da Île de la Cité. 128

XXXVIII
Onde são chamados os habitantes da Ilha que tiveram suas casas e celulares invadidos, as forças policiais e alguns filósofos para elucidar o sentido da "vita contemplativa" e a distinção entre o público e o privado, no território controlado pelos traficantes. 131

XXXIX
Onde se percebe a inadequação do desejo de um poeta francês, ao solicitar pela busca de metáforas e "correspondências" na Ilha, pois nada é como a Musa canta, quando uma criança se recusa a ouvir o pagode paulista e um motorista não quer aguardar a consulta médica. 135

XL
Onde se abandona um poeta francês, mas não a poesia e se recorre a dar ouvidos a verdades sobre o valor da arte, às musas que contam mentiras e ao grafite que promete: "alegria...". 137

XLI
Onde, impedido de atender no posto de saúde devido aos tiroteios na Ilha, levo minha alma a procurar estratégias para agir diante de fatos negativos, com um médico de Pérgamo, um filósofo de Salamanca e um poeta moçambicano. 140

XLII
Onde, retido com um paciente paraplégico no consultório, sou obrigado a enfrentar as diatribes de um filósofo e o fogo adventício de outros irados, apenas com o arsenal da ciência etimológica. 144

XLIII
Onde se discute a prosperidade das igrejas pentecostais, o funk ostentação, a opinião de um teólogo medieval, a queda de Lúcifer e se evita a discussão das novecentas teses de um filósofo neoplatônico, ao se optar por seguir a ironia francesa e o bom senso de um orador romano. 147

XLIV
Onde se narra o momento em que, retido entre os tiros de policiais, traficantes e uma promoção de cachorrão + fritas + guaracrack, lembramos de alguns poetas e filósofos em emanações entre o belo e o sublime. 152

XLV
Onde, lendo a obra de um escritor argentino, encontramos um francês com sérios problemas de identidade, o que nos obrigou a uma enorme digressão envolvendo a coruja de Minerva, um escritor inglês, o SUS e um sistema de autoajuda que só serve para mim. 155

XLVI
Onde se parte da observação de três pastores, um microfone, uma caixa de som, um livro sagrado, um pandeiro e chegamos a uma discussão envolvendo uma raça de víboras, a vingança recebida dos descontentes, um bêbado russo, o lumpemproletariado, alguns homens extraordinários e uma águia que insiste em não pousar. 159

XLVII
Onde um santo medieval é convocado para explicar a pastores e leigos a pouca importância da retórica, o papel da gramática e a salvação debaixo do viaduto. 164

XLVIII
Onde se expõe o ensino de uma técnica inovadora de leitura dentro dos ônibus, a contribuição dos médicos antigos para a filosofia e a arte da invenção terapêutica em convencer filhos a aceitar os males da vida. 166

XLIX
Onde analisamos os traficantes durante a pandemia de covid-19, os idosos e seus filhos, que não podem ficar em "home office", uma solicitação do rei de França à Universidade de Paris, os desígnios de Saturno e a atual tragédia em Milão. 169

L
Onde se comparam assaltantes antigos e atuais durante pandemias e se recorre aos Exercícios espirituais de um santo guerreiro, na tentativa de controlar na Ilha as afeições desordenadas. 172

LI
Onde se tenta adiar a primeira versão da realidade ao atender no consultório uma senhora com síndrome rara, confirmar a advertência do profeta na Sura 55 e desvendar por que "a gnose do sensível já é fruição". 177

LII
Onde, ao acordar com saudades das grandes narrativas, sou obrigado a concordar com um militar francês, falar mal do curso da História na Ilha e discordar dos pós-modernos. 180

LIII
Onde se observa um trabalhador, adicto, que ganha o pão de cada dia com o suor do rosto da própria mãe, por ter recebido de Deus uma luta que é maior do que suas forças e, em surto, condena o pastor, a mulher do padeiro e um poeta romano. 182

LIV
Onde se buscam, em meio aos devaneios de um filósofo dinamarquês, as causas dos atuais assaltantes atirarem, mesmo em quem submisso entrega o que possui, junto ao esclarecimento do profundo desejo pelo qual todos querem atirar neles. 186

LV
Onde, ao ser impedido, mais uma vez, de atender os pacientes na Ilha, durante a pandemia de covid-19, buscamos identificar as boas coisas que o isolamento social poderia trazer e fazemos apelo ao diálogo com motoristas e pessoas das montanhas mais distantes. 190

LVI
Onde, ao comparar as árvores no mangue, suas raízes, os animais subterrâneos, com "a árvore do amor e seus dourados pomos", percebemos a inversão da ordem das coisas na experiência dos pacientes e a necessidade de ver a vida maior do que ela tem sido, durante as nossas mil e uma noites.193

LVII
Onde se descreve, em uma visita domiciliar, a vida de Dona Benedita, no isolamento da Ilha, e as opiniões de um ermitão do lago Walden, no contexto de algumas questões geradas pela ausência da cidade "sábia, corajosa, temperante e justa". 196

LVIII
Onde, em visita ao centro de reciclagem, entro em um Lixão, à procura de uma menina portadora de tuberculose e retorno com a sensação de ter visitado um poeta medieval no Inferno. 200

LIX
Onde uma agente comunitária nega a oportunidade, por mim imaginada, de exercer o papel de "coaching" na periferia e, ao imigrante italiano, a ocasião de transformar um acontecimento desastroso em uma espécie de penúltima versão da realidade. 202

LX
Onde, esperando que um galo teça uma nova manhã, observo um bêbado orgulhoso, um cabo do exército, a boa convivência entre cachorros, patos, galinhas, poetas, traficantes e, na mercearia, aguardo um falso Uber, a revolução ou um disco voador. 205

LXI
Onde, em atendimento domiciliar, sem auxílio da semiologia médica, vou em visita a uma avó e seu neto em sofrimento, por ter ele sonhado em realizar com o pai o impossível. 207

LXII
Onde, envolvido, após o almoço, na reflexão sobre o juramento de Hipócrates, tento solicitar a Apolo médico, a Esculápio, Hígia e Panaceia, Esaú, Jacó e a todos os deuses e todas as deusas a salvação do sistema de saúde e que um paciente não cumpra a promessa feita a mim............210

LXIII
Onde se descrevem a última consulta e o exílio do médico voluntário, a estranha reflexão gerada ao lembrar um matemático da Pomerânia Ocidental, o sentimento do poeta norte-americano e a pergunta: "Por que existe alguma coisa e não o nada..." no mangue?......................213

LXIV
Onde, após ter sido expulso pelos traficantes do posto de saúde, recebo a ligação de um bom pastor, uma promessa de solução para o conflito e a possibilidade de alguém ser réu e juiz de si mesmo. 217

REFERÊNCIAS / PERSONAGENS 220

I

Onde se trata, na Ilha, entre as quatro paredes de um consultório médico, do método de aproximar as questões trazidas pelos pacientes, com as teses de alguns eruditos, na difícil arte do diálogo entre mortos ilustres e sobreviventes ignorados.

Há quem prefira escrever sobre aventuras e circunstâncias, para salvar a si mesmo, ao recordar o que viveu... Eu, longe desses caminhos, aqui na Ilha, com um olho no padre e outro na missa, enquanto espero o ônibus, levo minha alma a passear sobre os acontecimentos do dia e a história das ideias. Em geral, vou com meus livros, ensimesmado, por locais mais simplórios, anticlássicos, como viadutos, quitandas, mangues, mercearias e as quatro paredes de um consultório médico. Recuperando a reflexão de antigos pensadores, tenho com eles um diálogo junto às questões trazidas pelos pacientes — tarefa para muitos... Com o testemunho de quem chega para a consulta, avalio o difícil diálogo, pois nada é como a Musa canta... Trazendo os sábios para a Ilha, ouço o que se conversa e percebo como se ilumina a senda, por onde evolui a espécie e caminha a humanidade.

Hoje, em meio aos escritores do século XVII, fui envolvido por aquela necessidade de buscar analogias, correspondências, similitudes, entre as palavras e as coisas. No posto de saúde, o primeiro paciente a me interrogar nega meu desejo, pois expõe sem palavras a sua condição. Entrando no consultório, conduzido pela mãe, exibe os sinais da sífilis congênita — alteração visual, dentes deformados, déficit cognitivo. Aos 13 anos, ainda caminha com dificuldade e sempre parece ir em direção contrária à que deveria estar. Não é difícil saber onde a ausência de prevenção ocorreu. Iletrada, família pobre, sem orientação adequada, não sabia das tristes consequências de uma gravidez sem cuidados. A quem responsabilizar por esse ato contra seu próprio filho?

Era costume na França, à época em que viveu Michael de Montaigne, que os tribunais mandassem executar o criminoso, no local onde o crime foi cometido. Ajustar a balança da justiça com o "olho por olho", no mesmo endereço onde a violência ocorreu. Era uma espécie de expurgo, de catarse tardia, uma advertência para os vivos e uma reparação (*in memoriam*), para os mortos. Nesse caso, resta o sentimento de revolta, de infortúnio, seja pela deficiência permanente, seja pela nossa impotência diante do quadro clínico. Não há, agora, tribunal, nem carrascos, só vítimas e o olhar compassivo de todos a lamentar qualquer chance de autonomia ao adolescente, ainda unido pelo cordão umbilical do cuidado contínuo.

A razão e seu destino natural — o entendimento — se destroem diante do que vejo. O que restou? O que foi erguido? A escritura dos teólogos a invocar o pecado original e a condição humana. Consagrado também foi apelar para a misericórdia divina, solicitando aceitação, pondo o absurdo junto ao altar do mistério, da predestinação e da suspensão do juízo.

Não quero parecer herege, iconoclasta, e reconheço ser "difícil trazer as coisas divinas para a nossa balança, sem que sofram depreciação...". Nada, entretanto, anula no adolescente a condição trágica de sua existência, ao ausentar-se do convívio entre seus iguais e formar fileira em sua especial forma de vida — a tribo dos "homens que são como lugares mal situados".

Pergunto à minha alma sobre a vida que levam — as próprias e privadas limitações — enquanto a mãe apenas me solicita a receita do anticonvulsivante. Relembro o assombro de Charles Darwin, quando descreveu a miséria em que viviam os índios na Terra do Fogo: "... alguma forma de felicidade deve ali existir" — disse ele. Com tal reação expressava um sentimento comum aos aristocratas ingleses do século XIX — não entendiam como era possível viver naquelas condições e não se suicidar...

Julgavam-se em melhor situação por não os compreender. Quem lembraria a ele a advertência do pragmatismo espanhol: "Eu sou eu e minhas circunstâncias e se não as salvo, não salvo a mim mesmo"? Não sabia Darwin da não existência de consenso para definir qual é a vida "bela, boa e verdadeira"? O que diriam aqueles índios sobre a "forma de vida" do sábio naturalista, ao vê-lo isolado, no interior da Inglaterra, por mais de oito anos estudando "cracas" do gênero Pollicipes, sem o exoesqueleto? A comparação não nos parece razoável, porque, também, somos nós e nossas circunstâncias mais próximos a Charles Darwin. Enfim, parecemos não saber o que se passa...

Retornando à origem da diáspora, a fonte do litígio: "Por que somos atraídos ou rejeitamos certas formas de vida?". É possível a escolha solitária, sem as circunstâncias? E, se assim fosse, antes de optar não teríamos de buscar uma razão para querer mudar? E mais ainda, não seria necessário obter uma maior motivação para compreender por que iríamos querer deixar de ser quem somos? A pretensão de autonomia não pode ser realizada pelo adolescente — para a sua especial situação, toda a argumentação é sem sentido. Pode ele mudar sua forma de vida? Propor uma tarefa a quem nunca a conseguirá realizar não é um desafio, como querem alguns, apenas uma persistente espécie de crueldade. O enigma não se desfaz, enquanto se mantiver a crença de que as circunstâncias não importam, e isso ocorre porque se quer a responsabilidade da escolha sendo sempre nossa — particular. A quem serve essa forma de pensar?

Aproximando-me do adolescente que não me vê, ao examiná-lo no consultório, tenho o sentimento do quão distante de mim e de todos ele se encontra. Semelhante situação percebo quando ouço falar sobre aqueles que foram além — os santos e místicos em seus êxtases. A tentativa de avizinhar-se fracassa. Só posso representá-lo com o que não sou... Que posso, então, saber? Em seu ceticismo sobre a Razão e nossas humanas necessidades de certezas, muito antes de minhas dúvidas, o cavaleiro francês e livre pensador Michel de Montaigne já havia mandado cunhar a moeda que queria comum — "Que sei eu?". Fideísta, entretanto, insistia em alguma possibilidade de contato, de benefício e procurou, excluindo os sábios, salvar entre gente simples e ignorante o sentido que deveria se revelar pela fé na ordem divina:

"Vamos olhar na Terra para as pessoas pobres que vemos espalhadas por ali, as cabeças curvadas sobre o seu trabalho, que não conhecem Aristóteles nem Catão [...] não é verdade que deles extrai a Natureza feitos de constância e resistência mais puros e árduos que aqueles que estudamos com tanta dedicação na escola?"

Quais "feitos de constância e resistência" podemos neste caso observar? "O justo vive pela fé" — sabia o sábio francês — e a fé nos leva a aceitar que somos imagem e semelhança. Entretanto, é da natureza deste lugar a dessemelhança. Não temos a vida como a queriam os refinados gregos — "καλός καὶ αγαθός". Apenas a temos, como não a queriam os mártires cristãos — vida terrena. Daí que para buscar qualquer semelhança entre as formas de vida aqui na Ilha, com aristocratas ingleses, filósofos franceses, pragmatistas espanhóis, poetas portugueses, apóstolos cristãos ou índios fueguinos será preciso sempre novos métodos, outras categorias, pois os conceitos tendem a se dissolver e confundir a anamnese, o exame físico, o diagnóstico, a terapêutica, no encontro desarmado da semiologia médica com seus habitantes.

II

Onde se mostra que um filósofo alemão chegou a compreender, por um breve período, as relações interpessoais na Ilha, mas havendo poucos amantes de nossas perplexidades alguns filósofos e muitos retóricos declinaram do difícil juízo.

"O que não se pode dizer, deve-se calar", escreveu o filósofo Wittgenstein, preso em um campo de concentração, durante a Primeira Guerra Mundial. Pretendia ele mostrar os limites da linguagem, do que pode ser dito... para alguns, demonstrava a tese — o fim da metafísica. Aqui, na Ilha, a frase foi interpretada de modo próprio — são os nossos limites e o nosso fim que se pretende demonstrar. Nenhuma informação pode sair, muito menos caminhar pelas ruas. Ter juízo é manter-se em silêncio — a sabedoria de não ter ouvido nada. Ignorar como os primitivos, a ideia de progresso é sinal de prudência. Mudanças são vistas como crise e os movimentos bruscos devem ser evitados. O melhor é onde se está...

Ao contrário dos antigos habitantes da Île de La Cité, para quem a ciência gerou a crença na melhora contínua da humanidade e a fé na Razão, no mangue da Ilha, as ilusões iluministas foram destruídas no dia a dia de todos, e o traficante não tem aquele predicado de que falava Pascal, o pensamento racional: "O homem não passa de um caniço, o mais fraco da natureza, mas é um caniço pensante".

O pensamento, imagem e semelhança de nossa dignidade, não tem nesse feixe de bambu tropical seu suporte ou salvação. A ausência do esclarecimento pelo sistema educacional, a falência da estrutura familiar, o desemprego e outros males da civilização negaram na Ilha a crença naquela vida bela e boa a qual se acreditava possível com o uso judicioso da razão crítica.

Diferente também dos conservadores ingleses, os habitantes da Ilha ainda não desfrutam de nenhuma das comodidades citadinas, cujo lugar no esquema das coisas é sempre lembrado pelos bons anjos e pelos demônios que, escondidos atrás da cruz, nos advertem a não desprezar. Aprenderam nossos habitantes, com os caranguejos do mangue, a não confiar nos outros homens e a fugir do seu pequeno laço.

Embaixo do viaduto, aguardando o ônibus, a caminho do posto de saúde, ia nesses devaneios, percebendo a realidade com um sentimento estrangeiro, enquanto, em silêncio, recitava o poeta: "Não permita Deus que eu morra...".

Minha alma já acostumada à convivência com dramas, paradoxos e contradições, vindo em meu socorro, diz rispidamente: "A que vem isso? Embarcaste; navegaste. Aportaste. Desembarca...". Resignado, estoicamente, entro no próximo ônibus que me deixará na Ilha, onde os pacientes me aguardam desde a madrugada.

No ônibus temperamental, pois só passa quando quer, o motorista vai suado protegendo a gola do uniforme — o lenço colado ao pescoço. O povo pobre está mal sentado, nos bancos soltos. A poeira democrática está em todos os lugares e os animais comem lixo nas ruas sujas. Os garotos do tráfico de drogas, armados de fuzil, metralhadora, binóculo, touca e rádio — nas esquinas. Lá fora, os vendedores de ovos enfatizam a potência das galinhas; desconhecem o controle da natalidade e a estupidez da vida. Contrariando Hegel, o real não parece racional. Tudo permanece como os primeiros gnósticos previram — o mundo sensível governado pelo filho rebelde da Sabedoria Celeste.

Ao ver esse universo de abandono e violência, não é difícil ser dualista. O maniqueísmo, seita professada pelo ainda não santo Agostinho, estava de acordo com essas ideias — o Mal é nosso, um princípio intrínseco à Matéria, e o Bem está além de nossas mãos, em Espírito, muito distante...

Voltando meu pensamento para longe daqui, lá recordo a "Ética" de Baruch de Espinosa e sou levado a discordar dessas evidências, mas o filósofo pouco me auxilia por considerar que "o conhecimento do mal é conhecimento inadequado"; além do que o raciocínio lógico é um produto tardio da civilização e no mangue não se argumenta "more geométrico".

Abandonando a observação filosófica, sigo pela via da arte retórica, pois na Ilha, quando se aventuram os argumentos, jazem eles expostos nos muros — a estética da tragédia. São grafites "em casas simples com cadeiras na calçada...". É uma espécie de monólogo sentimental, oriundos da antiga tradição pagã — um elogio aos mortos e, raramente, uma tentativa clássica de persuadir. Se escrevem para os iguais, a saudar nos muros das casas, os garotos do tráfico de drogas e outros amigos que se foram para o Espírito: "Saudades... ontem com nós, hoje com Deus".

Prometem a todos os fuzilados, caídos nos becos, nas valas, nas águas do mangue, na selva escura, que "jamais serão esquecidos" ou eliminados pelas estatísticas oficiais.

Não se pretende persuadir juízes, assembleias, ou nas ruas convencer o povo. Os oradores não se apresentam. Não há Cíceros, Demóstenes, Isócrates, Górgias ou Protágoras. Tudo acontece aqui e tudo se resolve no anonimato desses mal traçados grafites — um breve discurso fúnebre. Nesse círculo de sofrimento, fechado no tempo e sem janelas, a única sentença retórica, legítima, que visa persuadir é dirigida às instituições militares: "Vai, polícia... morre!".

III

Onde encontro um paciente que provoca uma discussão sobre contemplação estética e ascetismo, ao relatar o risco a que se expunha em sua antiga residência, por ter, ela, muro baixo e, ele, lesões que comprometem a expressão da voz e das pernas.

Chegando embaixo do viaduto, encontro um antigo paciente. Aguarda o ônibus em direção à Ilha. Depois dos cumprimentos, sorrindo, comenta que hoje é um dia de sorte, porque poderá se consultar e conversar comigo. Agradeço a estima e, confirmando a previsão, digo: "Se depender da empresa de transporte, vamos prosear por toda a manhã".

Como se sabe, o ônibus aqui tem, por natureza, vontade própria. Assim é inconstante, temperamental, reduzindo a nossa programação ao caos, pois age independente de qualquer previsão.

Com o tempo fluindo em nossa espera, a conversa vagueia sobre o viaduto e vai longe. Pergunto do motivo de ter ele se ausentado das consultas. Diz que os traficantes agora fazem ponto em frente à casa onde vivia. Por ter sido vítima de um acidente vascular cerebral e portador de sequelas motoras, teme um conflito no portão de sua residência. Afirma seguro, como fazia a pitonisa do templo de Apolo em Delfos, que na hora do tiroteio vai ser alvo fácil, seja para a polícia ou para os traficantes, já que vão pular o pequeno muro e invadir seu quintal. Mais ainda, por ter lesões que comprometem a expressão da voz e das pernas, não vai poder gritar por socorro e, muito menos, correr...

Não tendo argumentos para dissuadi-lo a voltar ao próprio lar, esboço a ideia de narrar a volta de Ulisses para Ítaca, mas percebo que ele não acredita em revolta, ou na ideia de vingança.

Pergunto pela sua nova residência. Relata viver com a filha no bairro de São Cristóvão, perto do Ceasa — Rio de Janeiro. Vem ao posto de saúde, raramente, como agora faz, para que eu possa avaliá-lo, pedir exames ou renovar a receita, a qual só tem validade por seis meses na farmácia popular. Informações mais otimistas também são feitas — lá no Rio, pode fazer a feira com pouco dinheiro, pois a filha o ajuda. Fez amizade com o pessoal do mercado e no fim da manhã consegue muita coisa por um bom preço. Está melhor vivendo longe daqui, por não ter bandidos à espera na calçada ou a necessidade de pedir licença para entrar ou sair da própria casa. Ao renunciar viver onde nasceu, desprovido de ambições ou de maiores recursos, vai o meu paciente em seu ascetismo, sobrevivendo às ilusões do mundo. Renúncia e ascetismo... se ele fosse pessimista poderia ser filósofo, como qualquer discípulo de Schopenhauer. Pela ausência de paz na luta permanente pela sobrevivência, esse paciente, assim como muitos outros, me faz assumir uma introspecção próxima ao que pontificou o velho filósofo alemão — havia ele percebido o conflito entre a representação que temos do mundo e o que a Vontade impõe. Aqui, como no delírio do personagem de Machado de Assis, também se vê "a miséria agravando a debilidade".

Especulo ter o tráfico exercido um poder na vida desse lugar, semelhante ao conceito criado pelo filósofo:

"[...] a Vontade é em si mesma uma infelicidade fundamental — é insatisfação, esforço em vista de algo, inteligência, sede ardente, cobiça, desejo, sofrimento."

Como escapar a esse destino? Schopenhauer sugere dois cenários — a contemplação estética e a negação do mundo pelo ascetismo. Observo que meu paciente já percorreu esses caminhos... Tem a arte da música, aquela propriedade de nos levar à percepção direta e imediata das coisas — intuição pura — sem necessidade do entendimento, da razão que opera pelos conceitos... A solução estética, no mundo musical do "funk" da periferia, possui uma das precondições para escapar e transcender ao sofrimento, ou seja, a subtração do observar comum e vulgar. Na contemplação estética somos lançados além, anulando a própria individualidade na imersão do objeto percebido e nos ultrapassamos como "sujeito puro do conhecimento".

Assim, mesmo por pouco tempo, no "funk" da periferia, podemos transcender o desejo que nos limita e oprime, ultrapassando pela arte o perceber cotidiano:

"A consciência, que está inteiramente no objeto da percepção, não se preocupa mais nem com a disjunção entre a vontade e o mundo, nem com o fato de a vontade estar sem objetos."

Se participar e abandonar a razão no baile "funk" é fato indiscutível, a consciência, entretanto, apesar de estar absorvida no objeto contemplado, não consegue a evasão completa de seu ego, pois tem que a todo momento "ficar esperta" e ver para onde os traficantes apontam as armas.

Encurralado entre paradoxos, ao ter que imergir no "funk" — último refúgio do esteta nesta Ilha — ou renunciar ao mundo em que vivia, o meu paciente, prudentemente, aderiu ao abandono de si mesmo, no ascetismo libertador. Foi embora, "meteu o pé", emancipou-se. Dessa forma, apesar da doença, da perda, do sofrimento e com o corpo semiparalisado, ele não está pessimista. Ignorando o mau humor do nosso Schopenhauer, os traficantes na rua e a própria vontade de poder, vai ele comigo na prosa leve, dentro do ônibus, em direção ao posto de saúde, aguardando com paciência a hora da consulta, o pedido dos exames e a nova receita que só tem validade de seis meses na farmácia popular.

IV

Onde se discute, em meio ao antigo conflito entre fé e razão, a opinião de um refinado francês, a finitude dos traficantes, o ato médico e o enigma do último homem — o inventor da felicidade.

No ônibus em direção ao posto de saúde, percebo em minha alma um enigma, no desequilíbrio das coisas. Um mendigo enfia a mão na lixeira semifechada e pelo tato, com o rosto voltado para o céu, sente o que é possível retirar para troca ou venda. "Sentir" sempre foi a forma mais primitiva de conhecimento para os pensadores racionalistas — algo a ser superado. Em contraste e paradoxalmente, Blaise Pascal, o qual muito contribuiu para a ciência do seu tempo, encontrou em sua maturidade, no "sentir a Deus", a única e verdadeira forma de conhecimento.

Uma mulher com uma criança ao colo faz sinal para um táxi, sem levar em conta a frase que, no painel atrás do motorista, me adverte: "Faça a vida fluir, ande mais de ônibus". Os legumes, frutas e hortaliças na quitanda são um minifúndio de fartura e cores sob a poeira geral, onde os traficantes em vigília fumam maconha e observam armados a circulação das pessoas. A Ilha, universo de signos, exige nossa compreensão, embora tudo pareça isolado, desconexo e sem sentido. Há uma síntese que foge ao meu olhar, na diversidade e natureza dos fatos. É possível negar a insuficiência crônica de entendimento sobre essa realidade? Será evidente e passível de comprovação que nesse lugar, ao longo do tempo, a Razão se apossará de si mesma em direção a um saber absoluto? Mais ainda — admitindo-se que tudo aqui sendo real é também racional?

Em tempos de desconstrução, seria um artifício, um reducionismo, apelar para a busca de um sentido. Uma forma de misticismo científico, uma sublimação quase religiosa a suplicar por uma ordem universal, em afirmar uma razão, uma lógica justificando essa vida caótica.

Dizem ter Voltaire sofrido de perplexidade semelhante à que exponho, ao saber do terremoto em Lisboa e de seus milhares de mortos:

"Ó céus, tende piedade do humano fadário!/ "Tudo está bem", dizeis vós, "e tudo é necessário"/ Mas quê! O Universo inteiro, sem este abismo infernal,/ Sem engolir Lisboa, teria estado em maior mal?"

Observo e relembro que esse refinado francês sofreu tal dúvida em seu belo castelo, e não dentro de um ônibus velho, como faço — e a escrita por testemunha. Deixo como está. Estou em desvantagem reflexiva e acrescento, apenas, o que a tese dos "philosophes" afirma: tudo é compreensível e o conhecimento está ao alcance de todos. Para outros, mais miseráveis — um absurdo contínuo a depender da Graça divina.

Desviando o olhar para o ego, devaneio que sempre estive submisso a essa razão universal, enquanto condutora e artífice do método que nos conduzirá ao esclarecimento. Afinal é a razão que nos distinguia...

A perplexidade que percebo seria assim substituída pela contemplação dos sábios e, finalmente, extinta. A dúvida desfeita expulsaria a fé no Paraíso e a faria voltar ao coração dos que estão, provisoriamente, cegos, sem a luz da racionalidade. Ao exercer a medicina, entretanto, nunca pude abraçar a pretensão dessa crença feliz — a plenitude do conhecimento. À pretensão enciclopedista, na busca por iluminação racional, muito antes do meu desejo e sofrimento, respondeu o francês: "Não sabemos". Fazendo coro aos descontentes, disse um outro: "Nem por que é que o inocente, tal como o culpado,/ Sofre do mesmo modo este mal desgraçado...". Não acreditava na possibilidade de um dia... Concluiu: "Sou como um médico; infelizmente nada sei".

Condição infeliz, a qual tenho que aceitar, pois, diante de muitas doenças e sofrimentos, não temos o arsenal terapêutico adequado à cura, nem sabemos em muitos casos a origem do mal, apesar de toda a tradição preconizar aquela atitude solidária, fraterna, que nos induz a agir, mesmo sem ter conhecimento das causas...

Há, como sabemos, uma suspensão do juízo em todo médico, uma hesitação suave, uma aceitação contínua do ceticismo diante do saber estabelecido, embora sempre reste alguma coisa a fazer pelo paciente. A precariedade ou erosão do conhecimento médico não permite negar a ação. Recusar agir, por não ter conhecimento adequado, não é reconhecer nossos limites em compreender uma fragilidade da ciência, do método, mas dar voz à indiferença e à perversidade de que, como espécie, já provamos ser capazes. Entretanto, nos limites e finitude de nossa Ilha, impossível não indagar sobre o drama de cada um. Quem ligou "o ladrão às galeras, o assassino ao suplício…?". Que fio une o delírio do paciente infartado em sua maca da periferia ao delírio do esquizofrênico — o que caminha continuamente em meio ao trânsito? Ou por que a avó, ao ver o neto adicto, morto pela polícia no portão de sua casa, me diz que ele "não era bandido dentro de casa"? Sei e parece estranho exigir ordem, sentido a todos os eventos particulares. Só há ciência do universal?

Em oposição, já não foi afirmado que essa universalidade não me constitui, que a razão é impotente, não me salva, não me dá socorro, e eu, homem de carne e osso, vivendo aqui e agora, preciso de uma biblioteca com outros volumes? Não disseram os profetas que com fé eu saberia…? O que resta? Assim, nesta manhã de sexta-feira, permaneço preso às questões do último homem — "o inventor da felicidade" — de olho nos garotos do tráfico de drogas que também me olham, agora, ao passar no meio da lama e valas da chuva, em direção ao posto de saúde. Não sabem eles desses enigmas da razão, mas são por vivência — desconfio — adeptos silenciosos de algum filósofo dinamarquês, ao evidenciarem no meio do tiroteio que no mundo não há nada que lhes dê segurança, nenhuma certeza sobre o próprio destino. Sabem, por experiência, que a própria fé não é conhecimento — apenas "um salto no escuro". Não havendo pontes, alianças, no outro lado do mangue ou do abismo.

V

Onde se expõe a relação entre a Mata Atlântica, o Paraíso, a perseguição aos Panteístas, a negação da beatitude e o estranho silêncio de um poeta medieval diante de um santo.

Após atender os pacientes na Ilha, enquanto aguardo algum transporte, com Dante Alighieri à mão e discordando dos psiquiatras, costumo fragmentar a consciência, levando minha alma a passear em outros mundos... Desta vez fiz uma fotografia com o celular e, já, no falso Uber, caindo aos pedaços, voltei minha mente para a despedida, na entrada do Paraíso, entre os poetas Virgílio e Dante. Sendo pagão, no céu da Toscana, Virgílio não pode entrar. Hoje, hábito cultivado por cristãos fundamentalistas e mau exemplo, ainda mantido por alguns europeus.

Observei nos versos o silêncio do poeta e, na foto do celular, mais a paisagem do que o homem. Um pouco à semelhança de Euclides da Cunha em *Os sertões* — vi a Natureza em primeiro lugar. Dei atenção à morfogenia do grande maciço litorâneo e à vegetação em desespero. Não especulei sobre o jagunço "destemeroso", o tabaréu ingênuo e o caipira simplório, típicas presenças sertanejas em 1901, agora relegados à extinção pela urbanização da Ilha e transformados no traficante violento, no vereador corrupto e na população sem recursos.

Naquele dia, esquecido dos versos e da terra prometida, usei a analogia como recurso ao apreciar a foto que fiz da paisagem, no celular, próximo ao posto de saúde. Ali se via o que ainda resiste da Mata Atlântica, em meio à chuvinha, à névoa fina, e lembrei de paisagem semelhante em uma pintura do melhor aluno de Georg Grimm — Antônio Diogo da Silva Parreiras — sobre o mesmo litoral fluminense. A comparação diz que a floresta atual é filha decadente, degenerada, do que o pintor observou.

O real na pintura é o que não permanece, sequestrando essa geografia a uma tonalidade mais verde e densa. Eu tento interpretar, mas ela resiste e me impõe o que devo ver. A foto é um portal para a pintura e me afasta da paisagem atual conduzindo-me ao livro que trago nas mãos — *A divina comédia*. O poeta ensina a ver a realidade:

"Deves saber que todos são mais ledos/ Quanto mais o olhar deles se aprofunda/ Na verdade que a todos a mente aquieta/ Disto se pode ver que o fundamento/ Da beatitude é o ato de se ver/ Não o de amar, que depois dele vem."

Perplexo, diante da sutil advertência do florentino — devemos confiar no que vemos em êxtase... Entretanto, tenho dúvidas em confirmar se esse lugar é o que resiste do quadro primordial, daquele outro Paraíso, plantado na direção do Oriente na origem da Criação: "E o senhor Deus plantou um jardim... e pôs ali o homem que tinha formado...".

Tenho mais dúvidas ainda ao ler em *A divina comédia* o Canto X — o dissimulado encontro de Dante com São Tomás de Aquino. Dante evitou a questão da felicidade e do seu fundamento, na conversa provocada por Beatriz. Teria o poeta a preocupação de não criar um mal-estar no Paraíso? Silenciou seu arrebatamento, diante de sua amada e do Aquinense. Acreditava o santo em uma outra e perfeita beatitude, o sumo bem que a esperança nos ensina a ansiar somente em uma vida futura. Aqui, em nossa "urbi et orbi" predomina a imperfeita beatitude terrena. Essa última, por ser profana, é uma forma precária de entusiasmo, efêmera por natureza, pois longe da contemplação da essência divina. Sabia ele da opinião de Aquino e, ainda assim, não tentou discordar da certeza do santo — a impossibilidade de se obter aqui a plena felicidade: "Não só os bens da vida presente são transitórios, mas... a própria vida".

Qual seria a natureza da beatitude vivida por Dante? Poderia ser ele acusado de incoerência, de cair em contradição, ao silenciar e ignorar o argumento do filósofo e santo em sua presença? Estaria ele possuído por algo novo e misterioso — "... o fundamento/ Da beatitude é o ato de se ver/ Não o de amar, que depois dele vem". Teria o poeta recebido a Graça? Sublimado e dissolvido o inefável mistério do sofrimento, na solidão do exílio em Ravena? Um tema difícil. Sabe-se que Aristóteles foi um dos primeiros a demonstrar ser a felicidade terrena plena de exigências:

"A felicidade também requer bens exteriores, pois é impossível, ou na melhor das hipóteses não é fácil, praticar belas ações sem os instrumentos próprios. Em muitas ações usamos amigos, riquezas e poder político como instrumentos, e há certas coisas cuja falta empana a felicidade — boa estirpe, bons filhos, beleza..."

Entre outros pré-requisitos, restam as qualidades para a reflexão, raras entre os homens sem recursos, pois premidos por urgentes penúrias. Dizia o santo, reconhecendo nossos limites:

"Filosofar é melhor que ganhar dinheiro; mas ganhar dinheiro é melhor para quem sofre necessidades..."

Expulsos do Éden da filosofia, sobra apenas para os pobres mortais pobres a felicidade de ganhar na loteria, de bancar o hedonista no cabaré suburbano ou a vã gloria de ser um candidato vitorioso, em eleição fraudulenta. Porém, a exigência é do peripatético grego e parece o poeta não aludir a essas experiências profanas, mas quer ele afirmar a beatitude "do que se vê...", em êxtase, ao ter ultrapassado as circunstâncias, os anseios cotidianos, tendo abolido os limites de nossos atuais conhecimentos.

Pergunto às nuvens se estou de posse de um novo esclarecimento — é possível contemplar a verdade entre os humanos e não sofrer? Não se insere essa afirmação em nenhuma dialética conhecida pelos gregos — "o melhor seria não ter nascido..."?

Percebo em mim um estado alterado da consciência, superior às emoções cotidianas e à nossa ciência rigorosa, apesar de ter sido afirmado que estão elas, as duas irmãs — razão e emoção —, sempre em conflito, ao disputar o privilégio e domínio de nossa felicidade. Sim, sou também "um amante das nuvens...". Sim, "desocupado leitor", não te faria mal também perceber, como agora me ocorre, distraído em meio ao mangue, essa possibilidade... Nesse devaneio e afastando-me de Aristóteles, ouço Victor Hugo advertir: "Ah! Insensé qui crois que je ne suis pas toi!". Concedo — na plenitude não há diferenças... Feliz, mas ainda confuso, por não compreender a complexidade da revelação, perseguido pelos ortodoxos escolásticos e muito mais pelo desejo de negar a aflição do que contemplo nesse lugar, me abandono ao diálogo com eleatas, com panteístas cristãos, com monistas hindus. Vou em silêncio, leve, sem a obstinação dos fanáticos, sem a certeza triste dos infelizes, sem o peso da dor, mas junto a todos, apertado dentro do falso Uber.

Abruptamente sou advertido pelo motorista de que já passamos do viaduto. Pago a passagem e desço rápido. No meio da estrada, sob a poeira que a tudo iguala, reavalio se a beatitude é a mesma para todos os homens, se todos somos um só... e estranho as consequências de se fragmentar a consciência, em buscar analogias, ao fotografar maciços e matas litorâneas.

VI

Onde encontramos a conjunção entre um psiquiatra suíço, dois poetas românticos, um austríaco pensador da suspeita, alguns imunodeprimidos, Ligia Dora e eu, no lixão da cidade, em busca da cura para o "mal-estar" na civilização.

Ao observar a conjunção dos astros nas frias montanhas alpinas, disse C. G. Jung: "todo momento é único". Feliz, o psiquiatra suíço escreveu em sua biografia a recordação. A frase, simplória, subtrai a raridade da experiência e não pode ser traduzida para quem nunca a viveu. É uma síntese do que o Universo pode nos oferecer. Talvez tenha desejado dizer, liricamente, como Wordsworth: "o êxtase foi estar sob aquela aurora, naquele momento...". Para aqueles iniciados, os sensíveis, para os que um dia a encontraram, é uma alegria e deixa na alma "... a recordação de fortes emoções sob um estado de forte tranquilidade".

O saber médico indica, para a melhora de pacientes imunodeprimidos, o alto poder de cura desse sentimento. Você ouve, vê, sente e aquilo fica... vem ao teu encontro e permanece. Não se perde, não vai embora, não te abandona e te acompanha como um cão — fiel. Restando ali e além do teu corpo uma boa aura disponível para outros...

No consultório, quando Ligia Dora chegou para a consulta, acompanhada pela pergunta... a sabedoria dos discípulos do céu caiu sem um horizonte de queixas, sobre mim — um momento único.

Ligia Dora, 78 anos, enviada pela miséria, de pau de arara, para o Rio de Janeiro. Filha do Norte, "da tribo pujante, que agora anda errante...", cursando pós-graduação, com uma bolsa família na universidade dos simples, no lixão da Ilha. Ligia Dora, mãe e mestra dos hipocráticos — na longa arte de enganar a fome, na vida breve dos filhos, na ocasião fugaz da boa saúde, na experiência fugidia de viver em paz, no difícil julgamento de saber o que fazer...

Chegando três horas e meia antes do horário agendado, Ligia Dora, cardíaca, diabética, entrou no consultório com seu andar distraído, seus óculos nublados e uma surdez parcial — recente. Ansiosa, passando à frente dos outros paciente, enunciou o enigma: "Doutor, por favor, doutor, minha filha disse que estou com um mal-estar. O que é isso — um mal-estar?".

Em silêncio, constrangido pela opressão da pergunta, lembrei dos meus sofrimentos e de Freud, após nove anos de câncer, no exílio em Londres. Em 1930, foi editado *O mal-estar na civilização*. Nesse ano Ligia Dora nasceu e setenta e oito anos depois ela traz, novamente, essa questão ao mangue, na Ilha, e a lança sobre mim.

Tentava Freud saber se a felicidade era possível. A resposta foi negativa. A tese se resume ao fato de a Cultura produzir um mal-estar nos seres humanos — um antagonismo intransponível entre as exigências do prazer individual e aquelas necessidades da civilização. Todo indivíduo é inimigo da sociedade, apesar de não viver sem ela. O que queremos não nos é permitido e o que se permite não nos satisfaz. Para o bem da sociedade é melhor não seguirmos os nossos instintos. Se tudo fosse permitido ao meu ou ao teu desejo, a sociedade não existiria — a guerra de todos contra todos...

O sofrimento humano é inevitável pela tese freudiana. Destino trágico, sem solução, seja pelos tormentos do corpo, do mundo, de suas contingências, seja pelas nossas crenças, pelos nossos afetos: "Nunca nos achamos tão indefesos contra o sofrimento como quando amamos...".

Pergunto: Qual a relação entre Freud, Ligia Dora, eu e a Ilha? O inconsciente em seu jogo nesta Ilha me questiona sobre o lixo — o que foi abandonado. O lixo é o inconsciente das cidades. Estamos nós, também, descartados, esquecidos, neste canto do universo? Alguém ainda se lembra de nossas promessas de ir além do sofrimento, de nossas rosas dessemelhantes, "da euforia do anjo perdido"?

Não posso jogar essa questão em qualquer canto, ou descartar na lixeira da esquina, no saco plástico de nosso dia a dia. É possível reciclar a infelicidade no entulho das cidades?

Senti estar diante de algo que Freud não conseguiu transmitir aos seus contemporâneos — o mistério envolve a arte de libertar a mim e a Ligia Dora do "mal-estar". O desejo de ser feliz, apesar da impossibilidade lógica. De forma irracional e contraditória, escreveu Freud: "não abandonar nossos esforços de tentar realizá-lo, de uma maneira ou de outra". O que fazer? Freud não sabia e Ligia Dora suplica pela nossa resposta. Ligia Dora, a última de nossa espécie, "da tribo pujante", de andar distraído, de óculos nublado e uma surdez parcial, recente. Ligia Dora, a que trouxe a pergunta, a que não sabe o que é "um mal-estar".

VII

Onde se observam as inovações em mobilidade social na Ilha transformarem passageiros em amigos de bandidos e céticos admitirem, em causa própria, como verdadeiro o conhecimento veterinário de um filósofo grego.

Como o homem não cria problemas que não possa resolver, alguns moradores desempregados estão utilizando os próprios carros velhos (o falso Uber) e fazendo "frete" de pessoas nos seus veículos caindo aos pedaços — sem manutenção, sem cinto de segurança e sem os requisitos primários para a condução de passageiros.

Minha avó me ensinou a evitar dizer "desse prato nunca comerei". Daí, em contradição com minha língua, fui obrigado por um bem maior a sair do "sono dogmático" em que me envolvi e a renegar meus motivos — após quase duas horas de espera, acabei entrando em um desses veículos improvisados de transporte na Ilha.

Ao chegar próximo à primeira barreira do tráfico, o motorista parou... inicia uma conversa com um traficante — o assunto, por razões de segurança, não posso aqui revelar. Não sendo suficiente a intimidade com que ali demonstrávamos os "garotos do tráfico", solicitou ele, educadamente: "Por favor, aguardem...". Rapidamente, sumiu no mato, a fim de entregar à esposa o dinheiro para a compra do leite e do pão sem manteiga...

É possível alguma reação? Evito expor meus sentimentos... Entretanto, como evitar a ira, ao me ver ali no banco da frente do falso Uber, no papel de companheiro de um motorista ausente, pai de família, responsável, altruísta e amigo de bandido? Admito, infelizmente, ainda estar possuído pela herança de minhas leituras do historiador romano Tito Lívio e do mau exemplo de um político brasileiro, ao ver "despertar meus instintos mais primitivos"...

Com os traficantes de companhia e suas armas de guerra, naquela estrada abandonada, sem assuntos em comum a discutir, lembrei de São Tomás de Aquino, na *Suma teológica*, ao comentar a opinião de Aristóteles sobre ser a deficiência de alguém causa suficiente para expressarmos nossa ira:

"[...] não nos iramos contra os que confessam o mal que fizeram, dele se arrependem e se humilham; antes, somos brandos para com eles. Assim também os cães não mordem os que estão sentados."

Sentado no carro, cheio de dúvidas sobre o conhecimento veterinário do filósofo e muito mais sobre o arrependimento e a humildade dos traficantes, observei nossa humanidade comum e concluí que apenas nos diferenciamos pelas atitudes, as autorrepresentações e reações. Vivo cheguei ao posto de saúde — "sem medo e sem esperança". Na sala de espera me aguardavam muitos pacientes ansiosos e no consultório, ao lado do receituário, a Ética de Baruch Espinosa, a qual havia esquecido no plantão passado.

VIII

Onde se vai buscar no "Guia dos Perplexos" de um filósofo nascido em Córdoba a arte de agendar consultas para os parentes dos traficantes e o esboço de uma ciência comparativa da exaustão médica.

Ao chegar ao posto de saúde, fui surpreendido com uma discussão entre a coordenadora e a auxiliar de enfermagem sobre a agenda de minhas consultas. Queria a auxiliar de enfermagem mudar a agenda, excluindo alguém já marcado, para receber na próxima semana o pai do chefe do tráfico da comunidade vizinha à Ilha — alega problemas cardíacos. Perplexo, não sabendo como agir diante dessa situação estranha, fui buscar auxílio em quem viveu sob esse constrangimento. Lembrei do filósofo, jurista, teólogo e médico judeu Moisés Maimônides, famoso pelo livro que escreveu em 1174, no Cairo — *O guia dos perplexos*:

"Minhas obrigações para com o sultão são muito pesadas. Tenho de visitá-lo todos os dias... e quando ele ou algum dos filhos, ou as pessoas do harém, estão indispostos, não ouso sair do Cairo..."

Eu, com muito menos atribuições, já chego ao consultório cansado, por ser sexta-feira à tarde e vindo de longe, em meio à poeira, no calor do mangue, com uma multidão à espera de consultas, há semanas agendadas. Como não tenho o conforto da corte, nem a proteção do sultão, não acreditei que pudesse ser tema daquele bate-boca sobre o pai do traficante.

Para chegar aqui, almoço cedo e muito rápido, a fim de não atrasar o atendimento — o ônibus da Ilha é temperamental e passa quando quer.

É sinal de bom senso ir de ônibus, até porque nenhum táxi ou Uber quer passar por lá — área de risco.

Moisés Maimônides, apesar dos benefícios — não quero ser injusto — ia para o palácio e voltava a cavalo para casa, chegando ao final da tarde:

"A esta altura, estou quase morrendo de fome... Desmonto de meu animal, lavo as mãos, vou até meus pacientes, peço a eles que esperem enquanto como alguma coisa, a única refeição que faço no dia... Converso e receito deitado, de pura fadiga, e quando a noite chega estou tão exausto que mal posso falar."

Nunca fui, nem voltei a cavalo. Queria poder ir de bicicleta, mas depois da queda que sofri, por artimanha de mais um buraco aberto pela Companhia de Águas e Esgotos, tenho, às vezes, pela dor, atendido em pé, por conta de uma fissura no cóccix.

Estou comparando, sem apresentar uma síntese adequada, porque ainda não existe esta ciência — o estudo interdisciplinar, histórico, da exaustão médica e suas idiossincrasias.

O filósofo judeu tinha, entretanto, a sua compensação no Shabat:

"... naquele dia toda a congregação, ou pelo menos a maior parte, procura-me depois do serviço matinal" [então] "estudamos juntos um pouco até meio-dia, quando vão embora."

Eu, amanhã, sábado, não vou ter ninguém estudando comigo, apenas passarei o dia imaginando se a resposta dada à coordenadora do posto agradará ao chefe do tráfico, o qual, semelhante ao sultão do Cairo, também acredita ter foro privilegiado para alterar a minha agenda e pôr o pai na frente dos outros pacientes.

Sem ter guia que me oriente nessa periferia ou sábios e palácios, medito e esboço uma frase de efeito: "Até quando, gerente do tráfico, abusarás de nossa paciência?".

Não conseguindo o tom adequado, rasgo a folha... Abandono o texto em atitude de prudência e recuso o direito de resposta. Na Ilha, ainda faltam os pré-requisitos para a apreciação da arte retórica, e a apropriação do discurso contra Catilina poderia, pelo seu tom, ser mal interpretado por quem não cultiva a leitura dos clássicos.

IX

Onde se comparam as biografias de dois românticos — um poeta inglês e o chefe do tráfico de drogas local — em um emaranhamento de analogias, similitudes, e se nega à alegria sua prerrogativa de ser a nossa maior vingança.

Sexta-feira, treze, mais uma vez, não consigo atender no posto de saúde. Operação policial seguida de reação do tráfico e desespero dos moradores. Além da violência cotidiana, há a expectativa de um conflito maior — vingança dos traficantes pela morte do chefe local, ontem, pelos militares. Semelhante a um entrelaçamento de micropartículas, a perseguição e morte do líder em sítio distante está diretamente vinculada aos acontecimentos ocorridos, agora, na Ilha.

A continuidade dos eventos e a relação entre todas as coisas não são alheias ao modo como o mundo subatômico é percebido pelos físicos, mas na geleia macroscópica em que vivemos as relações e seu emaranhamento foram abandonadas pelos críticos do humanismo. A clássica tradição que buscava identidades, similitudes e analogias encontra-se perdida entre filósofos e literatos contemporâneos.

Há uma desconfiança, um estranhamento sobre esse modo de ver a vida. Entretanto, sendo compassivos, não devemos julgar quem acredita estar fugindo de um inimigo feroz... A recusa não é recente e atingiu, ainda no século XIX, o ápice de sua expressão em Baudelaire, pois já há algum tempo havia "... um certo mal-estar entre a poesia e seus leitores". Hoje, o mal-estar parece pertencer à nossa natureza, intrínseca à cultura, na medida em que a realidade se tornou tão opressiva, que a alma em fuga não quer saber do mundo e de suas possíveis representações. Afinal, já foi dito: "o homem aceita tudo, o canalha...".

Sem vontade de continuar como testemunha do real, muitos se negam a ver semelhanças entre as palavras e as coisas, no propósito de descontinuar a vida em outros mundos — melhores em seu poder de transcendência, de encantamento ou, até mesmo, de suave alienação. Revoltados afirmam: "alegria... a maior vingança!!!". Amantes de nuvens...

Afastar a mente da observação natural, de suas afinidades e evitar o encontro das ligações perigosas, das irmandades, das correspondências, das similitudes passou a ser recomendado, sendo classificado de loucura todo engenho e arte com que eram cultivadas. A busca de associações, de analogias, de metáforas, de metonímias, entretanto, continua a ocorrer entre aqueles que não se encontram em desespero e resistem.

Reconheço-as, apesar de sua raridade e, quando ocorrem, não são aleatórias, imprevisíveis ou caóticas. São como doces lembranças e devem ser trazidas à consciência, domesticadas pela estética e sublimadas em sua pulsão primordial.

Aqui na Ilha sigo esse caminho, pois sobram equivalências e hipotéticos vínculos. Nesse emaranhamento em redes, tudo é possível e "tudo é mistura", como dizia um grego, filósofo e controlador de tempestades, em Agrigento, embora ainda não se possa saber de quem é a mão que combina os eventos e balança o berço...

Volto para casa com esses pensamentos e no ônibus leio, como de costume, um texto — "Ode a um rouxinol", do poeta inglês John Keats. Um blindado da polícia passa e lembro da recente morte do chefe do tráfico da Ilha e de seus companheiros. Penso, por associação, sobre o que haveria de comum entre um traficante do Rio de Janeiro e um poeta do início do século XIX? Inicialmente, não me ocorreu nenhuma evidência, mas logo percebi serem eles membros de uma espécie em extinção — os românticos. Recusavam as convenções, a rotina tediosa da vida comum e se refugiavam em lugares distantes. Foram críticos aos costumes e tinham o mistério e a morte sempre a acompanhá-los. Ainda mais, nesse caso, faleceram os dois, com a mesma idade — 25 anos. Apesar das atitudes antissociais, não consideravam a si mesmos "foras da lei", porque faziam e davam a si mesmos as próprias leis.

No livro que leio, uma pintura reproduz o rosto do poeta. O céu da cena, no quadro, está como um complemento para a foto do traficante, em manchete, nos jornais. Tem o traficante nos braços seu filho recente e a olhar para o céu, antevendo o destino final que em breve o alcançaria. Com o mesmo olhar, o poeta inglês foi representado, contemplando aquele outro céu, no Hemisfério Norte, marcando a diferença específica e a sua própria tragédia.

No ano passado, estive visitando a casa do poeta, em Roma, onde passou seus últimos dias. Atualmente, no mesmo lugar, há um museu em homenagem à sua poesia e uma biblioteca especializada em textos do movimento romântico. Foi e é visitado por poucos, apesar de ficar em local turístico — a escadaria da Santíssima Trindade dos Montes, ao largo da Piazza di Spagna. Em contraste, no interior de nosso estado, no sítio onde viveu seus últimos dias, o traficante não saía de casa e não podia ser visitado, pois ninguém ousaria passar por lá e confrontá-lo em sua misoginia e distanciamento social.

Não havia no lugar nenhuma biblioteca. Apenas foi encontrado, após a polícia invadir o local, um caderno de notas do movimento de drogas, alguns fuzis, metralhadoras, muita munição, pouco dinheiro e nenhum livro.

Em Roma, parte do museu estava em obras e não pude caminhar nos degraus em que o poeta, com dificuldades pela doença, subiu poucas vezes. Viveu ali apenas três meses, em repouso, tentando se libertar da tuberculose, recusando o frio com que a Inglaterra o viu nascer e que não o ocuparia afinal.

No sítio, residiu o traficante também alguns meses, pois sofria com episódios de asma e piorava devido à umidade. Ao ter seu primeiro episódio de broncoespasmo buscou o posto de saúde local. Deixou seus seguranças do lado de fora — entrou desarmado à consulta. Não comunicou a ninguém o ocorrido.

O poeta Keats, ao ter o primeiro episódio de hemoptise, sorriu... Não era um suicida, havia visto a mãe, a irmã e muitos com o mesmo sintoma e a inevitável fragilidade. Compreendeu... em breve ouviria o mesmo pássaro que no jardim de Hampstead, em Londres, lhe assinalara o sentimento do que permanece e não sofre: "Não posso ver flores aos meus pés/ Nem o incenso a flutuar sobre os ramos,/ Mas, nas trevas suaves, aprecio cada um...".

Recusou o silêncio. Escreveu uma longa carta ao irmão naquela noite e dormiu bem; não era estranho conciliar a ideia da própria morte com a felicidade ao contemplar aquele céu muito azul, que os romanos chamam de "Noite".

O traficante, relata a polícia, compreendeu... não o fim de tudo, ao ouvir o movimento dos blindados. Havia esboçado, anteriormente, o roteiro de fuga. Deu ordem, para o início da luta com seus comparsas contra as forças de segurança. Não contava, entretanto, com a traição, nem com o helicóptero e o cerco ao local — vinha sendo vigiado há meses. Não consta nenhuma mensagem, nem ao irmão, nem mesmo ao filho recém-nascido ou à esposa.

Sabe-se que, relativamente à vida estudantil, os dois não terminaram os estudos. O traficante abandonou a escola ainda no ensino fundamental. Sabia escrever o nome completo e tinha documentos como alfabetizado. Já o poeta estudou línguas clássicas e não completou os estudos de medicina em sua curta vida; tendo abandonado a profissão e o conselho da família ao se dedicar a ouvir as Musas, sem estetoscópio...

Outras relações me ocorrem... Difícil saber o que Keats, além da saúde, buscava em Roma. Talvez o silêncio, o calmo abrigo, o esquecimento, a brevidade estética, ou, simplesmente, se afastar de Londres: "onde o torpor abala tristes cãs/ onde os jovens pálidos, débeis, morrem,/ onde pensar é ser cheio de mágoas/ e desespero no olhar...".

Do traficante sabemos o que buscava no distante sítio — um calmo escritório do crime, como abrigo da caça policial ou das facções rivais em disputa pelo território, o qual considerava pertencente aos seus domínios.

Difícil acreditar no que insinuam as dessemelhanças. Mais estranho pensar as identidades. São os criminosos indivíduos como são os poetas? Pertencem eles a algum grupo — mestres em devaneios e sofrimentos —

em um outro sistema de classificação, agora perdido pela arqueologia de nosso saber? São eles membros daquela espécie em que a individualidade recusa distinção, sendo iguais em pensamentos e atos? São, também, semelhantes à raça dos filósofos?

"Quem me ouvir assegurar se este gato aqui brincando é o mesmo que saltitava e tranquilamente brincava neste lugar há trezentos anos pensará de mim qualquer coisa, mas loucura mais estranha é imaginar que é fundamentalmente outro..."

Pergunto, pois sugeriu Keats no seu poema — "Ode a um rouxinol" — ser o pássaro e seu canto por ele ouvido no jardim londrino o mesmo que nos jardins da Pérsia, nos templos chineses, ou na Judeia e na "noite secreta" em Verona, alguém arrebatado pelo êxtase, também ouviu... É o mesmo canto? É outro o encanto do poema?

Morreram, os dois, como sabemos, longe de onde nasceram. O túmulo de Keats fica no cemitério protestante de Roma onde se lê, em seu epitáfio: "Here lies one/ Whose name was writin water" ("Aqui jaz aquele/ cujo nome foi escrito na água").

A data de sua morte — 23 de fevereiro de 1821. O túmulo do traficante fica em um cemitério no subúrbio de Itaboraí e não há nenhuma inscrição em sua tumba, porém quando chove acumula muita água em seu entorno, o que impede a circulação do único visitante — o coveiro.

Para o poeta e o traficante ou para outros românticos, a quem a vida tem sido ingrata e incômoda, eu peço um minuto de silêncio, por conservarem a esperança de que as filhas de Gaia e Urano, na delicadeza do seu excesso, lhes ofereceriam um outro fim. Não sabiam eles o suficiente sobre identidades, similitudes e analogias em seu caminhar solitário ao declinar sofrimentos. Cansados de tudo e de todos, encontram-se em seus túmulos, alheios às antigas promessas. Impedidos, diante de impossibilidades profundas, de ouvir o canto das sereias da polícia, dos fogos de artifícios, dos rouxinóis, das Musas e sem nenhuma preocupação por algum erro generoso, ou sede de conhecimento, ou superstição venerável.

X

Onde, embaixo do viaduto, através de suas frestas observamos a Lua, a pulsação das Cefeidas, o plasma das Nebulosas, o lugar em que se realiza um ser e a variedade geométrica de nossa natureza.

Nesta manhã, embaixo do viaduto, a caminho do posto de saúde, acredito ter tido acesso à perplexidade do astrofísico Edwin Hubble. Observava ele, nas frestas da cúpula aberta ao telescópio do observatório astronômico de Pasadena, a pulsação das Cefeidas, as nuvens de poeira e plasma nas Nebulosas, as novas Galáxias.

Eu, aqui, no Rio de Janeiro, observando as frestas do viaduto na estrada, encapsulo com o olhar as manchas cinza nos resquícios da lua branca. Esclareço — não estou nas pretensões da poesia, nem pregando sobre astúcias astronômicas. Estou descrevendo uma vivência abaixo do céu — lugar de perfeição geométrica — visto da "terra brasilis", lugar de nossa inclinação: "É só no seu lugar que se completa e se realiza um ser, e é por isso que ele tende para lá chegar..." ("Do céu" — Aristóteles).

Na visão dos antigos gregos era evidente que as manchas na lua — sinal de imperfeição — estavam justificadas, afinal é ali onde ocorre a transição, a fronteira, entre Gaia e Urano — triste casal vivendo em mundos distantes, sem afinidades. Vejo e sinto a lua, fixa e sem apoio, ser mais absurda para o olhar desarmado do que a lua brasileira sob a proteção de São Jorge — é um sentimento oculto, mais primitivo, em alguma lugar de minha alma observadora de viadutos. Para a mente treinada na dinâmica dos corpos e na teologia dos seminários, é improvável. No céu de nossa imaginação tudo está fixo, imóvel, à espera de um novo olhar que dê movimento ao mundo. Para eles — os inquietos que não sabem para onde vão — se trata apenas de compreender quais forças negam o movimento às coisas, na sua perdição, para lá... onde devem ir ao fundo. Daí o estranhamento medieval, quando astronautas pousam na lua e percebem com o olhar de Galileu os dois corpos de pesos diferentes, que cairão ao mesmo tempo. Na experiência dos laboratórios se confirma o cálculo — que não sorri e apenas afirma a evidência. Não há nessa tese nenhuma resposta para a pergunta — por que se espanta alegremente o espírito do leigo ao ver o que assim acontece?

Um amigo de infância, o negro Lamparina, meu orientador em senso comum, ao ser informado de que o homem havia pousado na Lua, disse: "Impossível, São Jorge não ia deixar!".

A perplexidade, o espanto filosófico, a felicidade, fruto do olhar, resulta de nossas crenças adquiridas na infância — o que está dentro do que se é. As verdades da ciência são neutras e indiferentes à nossa alegria, não são crenças de nossa infância — não são naturais. Por isso, não me engano e me alegro nesse lugar, pois as coisas do mundo estão distribuídas e dispostas de acordo com a minha mente e estar aqui ou ali não me é indiferente, principalmente nessa fresta de viaduto na estrada, onde a lua que avisto possui um lugar preciso na variedade geométrica de minha própria natureza.

XI

Onde é discutido se categorias sociológicas exógenas podem explicar a insônia e a revolta do proprietário da mercearia, o seu olhar desiludido e o pensamento hegemônico da pequena burguesia.

Fim das consultas, passo na pequena mercearia local. Peço um pão e um café. O dono puxa conversa e solicita se posso atendê-lo na próxima semana — alega dor no peito e insônia. Diz ainda, com voz baixa, estar muito insatisfeito em ter montado seu estabelecimento na Ilha. Aceitou o convite do irmão de sua mulher, logo após a morte do sogro — queriam aproveitar a casa vazia com algum comércio.

Vindo de uma pequena cidade do interior, não estava acostumado a ver gente armada na rua. Fez a mudança e investiu tudo na mercearia. Vive preocupado, pois os "garotos" montaram uma "boca de fumo" em frente à sua calçada. Passam o dia todo, armados, ouvindo música, fumando maconha e assustando os fregueses. Não assustam os fregueses com atos de hostilidade, mas pelo risco de eles serem surpreendidos pelos militares. Operação policial e bala perdida é a preocupação de todos. Digo a ele, sem muita convicção: "... um dia as coisas melhoram". Responde com uma certeza diferente da minha:

"Só vai piorar, eles não têm nada a perder e eu já estou perdendo tudo que investi. A cada dia vendo menos... Antes deles virem parar aqui, vendia quatro sacos de ração animal por semana, hoje abro um saco por semana e só consigo quem compre um pouco, no varejo..."

Não sabe como pode prosperar. Imagina o próprio fim quando os traficantes começarem a cobrar proteção. Tem informação de que, no bairro ao lado, eles já estão exigindo dos comerciantes um pagamento mensal. Lembra com saudades de onde veio:

"Lá as pessoas têm vergonha, se revoltam quando algum parente vira bandido... aqui, até as crianças têm orgulho de dizer que o tio é traficante!"

O sol vai se pondo atrás do morro, entre árvores secas, empoeiradas e esse mangue não é o mangue que passa pela minha aldeia... Em frente à calçada do pequeno comerciante, os traficantes ignoram a conversa entre um médico voluntário, e aquele que pensei representar o pensamento hegemônico da pequena burguesia. Segundo os historiadores, em outros tempos, a insatisfação da classe burguesa com as relações de produção gerou um movimento de grande transformação para a sociedade, mas os adversários da burguesia em sua missão revolucionária eram, à época, a nobreza e a plebe rural.

Aqui na Ilha, as forças conservadoras que impedem o crescimento comercial da burguesia e a dinâmica da acumulação capitalista não teriam eles como inimigos. Da plebe rural, herdaram os traficantes apenas a ausência de escolaridade formal, e da nobreza, a ostentação, semelhante ao movimento do "funk" paulista.

Na Ilha, avaliando o movimento histórico dessa complexa organização social, sou levado a discordar dos eruditos — a análise de suas variáveis ainda é embrionária, há um vazio conceitual e as categorias clássicas não explicam e estranham o fato social. Há uma profunda divergência entre economistas e historiadores no estudo das matrizes determinantes dessa realidade social. Seria um erro comparar o que foi observado no século XIX com o que ocorre nesta localidade e afirmar: "Um espectro ronda a Europa — o espectro do comunismo". Não é uma insurreição silenciosa se aproximando... também é um equívoco especular, apenas estatisticamente, sobre os registros tributários, ignorando que o conceito de capital é reflexo do nível de desenvolvimento econômico e das relações sociais. Considerar o dono da mercearia, esse pequeno comerciante, como representante da burguesia é fracassar em elucidar e prever os fatos. Minha análise revela — ele não possui consciência de classe. Não há registros de ato próprio — não se apropria da mais-valia, não se preocupa com o aperfeiçoamento do próprio status e não sabe como transformar as relações de produção.

Como poderia ser ele agente e promotor das transformações sociais? Como poderia alterar as atuais relações sociais decadentes?

O erro maior em insistir no uso de categorias espúrias e modelos de análise inadequados conduziu alguns estudiosos a insinuar que a guerra tribal travada neste fim do mundo é fruto do conflito entre capital e trabalho... Aqui, a burguesia ainda não surgiu e, portanto, não poderia exercer o seu papel histórico, revolucionário. E os homens, entre eles o dono da mercearia, finalmente, se veem forçados a encarar a sua condição de existência e suas relações com o tráfico e os seus clientes, "com olhos desiludidos".

Na Ilha, parece que "tudo que é sólido se dissolve no ar..." — os modelos teóricos estranham o fato social, as teses sociológicas se contradizem e aqueles que buscam encontrar semelhanças com o Império de Gana (século III d.C.) na África subsaariana têm esperança de poder explicar a catastrófica mutação em curso.

XII

Onde é apresentada a relação dos direitos inalienáveis do homem de ser torturado pelo tribunal do tráfico, pelos governos retrógrados, em meio a algumas questões metafísicas e ao acolhimento fraterno dos antigos terapeutas.

No começo da semana ocorreu mais uma operação policial na Ilha. Desta vez envolvendo 1.200 soldados — Marinha, Exército, Polícia Militar, Polícia Rodoviária Federal e as forças de inteligência. Os pacientes me contam, em voz baixa, que morreram alguns — "os garotos". Um deles é neto de uma paciente. Disse ela que o rapaz era trabalhador, estudava, frequentava a igreja e não estava envolvido com bandidos, mas sem ter opção para se divertir foi com um colega ao baile "funk". Na saída, um grupo encapuzado matou uns seis e ele, inocente, junto. O pai, desesperado, procurou em todo lugar. Foi ao Instituto Médico Legal e lá soube, muito mais tarde, do corpo na gaveta, já em putrefação. Não deixaram ele ver... disseram que estava muito "estragado". A mãe, também minha paciente, está internada no hospital.

Depois de todas as ações policiais, pensei não encontrar "os garotos" de rádio e armados — sempre presentes vigiando a entrada das ruas. Como dizia minha avó — "pensando morreu um burro". Normalmente há duas barreiras do tráfico, com alguns jovens, suas motocicletas e muitas armas — metralhadora, fuzil, revólver. Hoje, havia, ao invés de duas, três barreiras e tudo muito calmo — a paz dos cemitérios.

Em alguns locais o "Terror" foi defendido como necessário e, nos EEUU, a tortura judicial foi reintroduzida pelo governo Bush na luta contra o terrorismo. Um conservador inglês observou na iniciativa americana o "próximo passo para o progresso", afirmando que, ao violar os direitos humanos básicos, os terroristas adquirem o "direito inalienável de serem torturados". Muito antes, Robespierre, o "incorruptível" e "ditador sanguinário", advogou durante o Termidor a arbitrariedade e a execução dos inimigos da Revolução, com a Declaração dos Direitos do Homem nas mãos, alegando: "a Declaração dos Direitos não oferece salvaguarda para conspiradores".

Ontem, uma paciente na consulta disse ter visto cinco garotos do tráfico espancarem a pauladas um outro membro do grupo. O tribunal do tráfico não possui uma "Declaração dos Direitos Humanos", nem se preocupa com os inalienáveis direitos de cidadãos de Estados soberanos.

Outro fato, ainda na semana passada: as forças de segurança fecharam as ruas e atiraram sobre todos que estavam em uma casa. Lá, os traficantes davam uma festa, com muitas moças — "as novinhas". Vários corpos saíram em sacos pretos e foram jogados dentro de um Caveirão — contou outra paciente em estado de pânico. Acreditam os místicos e os evangélicos da Ilha em "propósito" divino, no sentido que há em todas as coisas. Mesmo os materialistas, ao recusar adesão às respostas religiosas, têm dificuldade em distinguir quem é revolucionário nesta Ilha e quem é conspirador, ou separar os terroristas dos defensores da liberdade.

O que, entretanto, ocorre? Por que existe esta violência, e não o nada?

Difícil saber. Aqui não há metafísicos, nem heideggerianos a desvelar questões. Entretanto, Santo Agostinho dizia nas *Confissões* não saber o que era o tempo, se alguém lhe perguntava, mas afirmava saber se ninguém lhe perguntasse... Eu acredito saber o que faço aqui, apesar de ninguém perguntar, mas não imagino saber o que fazem as pessoas neste lugar.

Trabalhando nesta tragédia, converso com minha alma sobre o que me liga a este lugar. Trazer para este mundo de gente adoecida e desamparada os conhecimentos da moderna medicina preventiva? Tentar contrariar o que vejo: "... a guerra é mãe e rainha de todas as coisas"? A contribuição da medicina baseada em evidências unida à luz do acolhimento fraterno dos antigos terapeutas, em minha ingenuidade, é o que imaginei para o horizonte destas pessoas — uma luz delicada preencheria o espaço do dia... quer dizer, ser e fazer agora outra coisa, mas o que se vê? Para quem chega tudo ainda estará por fazer — o mesmo dia, em trevas, se estende no horizonte. Para mim é difícil dizer a direção, o sentido, a intensidade depois desses anos percorridos nesta Ilha. Evitando caminhar na perda do encantamento, por saber ser o início da queda, digo a mim mesmo — o caminho sempre estará aqui... O primeiro passo é o que importa — o acontecimento. Ir e permanecer. Quem sabe do fim?

Obs.: Soube, recentemente, do destino de moradores de uma favela próxima à minha casa. Ali viviam meus amigos de infância, foram transferidos à época, pelo Estado, para essa região...

XIII

Onde são expostas as nossas autorrepresentações em meio à opinião de um antropólogo, de um filósofo com tendência suicida, da evasão de um poeta inglês, da fé no Uber e em um capelão medieval, além de dúvidas sobre o nosso processo civilizatório.

Tenho o hábito de considerar, silenciosamente, as situações vividas no posto de saúde. Procuro estabelecer comparações, buscar as similitudes. São experiências comuns à espécie humana? Compreensíveis para quem vive distante de nossa Ilha? Incapazes de comunicação, seremos apenas náufragos esquecidos? Já foi dito que "nenhum homem é uma Ilha, isolado em si mesmo", mas quem disse isso nunca veio aqui. Estarei reduzido ao comportamento sugerido pelo antropólogo Marcel Maus ao observar outras culturas — a descrição etnográfica? Percebo o sofrimento como a corrente que nos une, já a felicidade é para poucos; é ele, o sofrimento, portador do universal e não tem preconceitos. O que nos diferencia parece ser a atitude, a autorrepresentação, a reação...

Diante de grande dificuldade existencial, dizem ter o filósofo Wittgenstein hesitado em cometer suicídio, ao ouvir os quartetos de Brahms. Foi dele a atitude... Creio que para a maioria de nossos cidadãos, não o suicídio, mas uma indiferença também mortal estaria associada ao ouvir o "andante moderato" do Quarteto em A menor, Op. 51 n.º 2. O semelhante apenas cura o semelhante.

A triste realidade parece comum a todos e o bem mais espalhado na humanidade não é o bom senso. O sofrimento nos une, mas não consola. Por isso precisamos dar sentido, buscar e oferecer respostas, atitudes. Perante situações as mais corriqueiras e insignificantes nasce sempre uma reação. Lá onde parece estar contido o sentido revelador de uma tradição — de barbárie ou de sabedoria. Em nome de interesses infelizes, a saúde aqui na Ilha encontra-se reduzida a "pão e água" dos poucos recursos, à violência do tráfico de drogas e da polícia — nossa rotina. A educação é acompanhada pela evasão escolar e o sistema de transportes abandonado. Estes quatro itens — saúde, segurança, educação e transporte — são causas de sofrimento, mas que resposta deve dar quem nunca teve a oportunidade de ter sido amparado por uma tradição de amadurecimento civilizatório? Como reagir?

A falta de conexão entre esses serviços básicos é, também, causa do perpétuo mal-estar e não tenho, mesmo em sonho, onde repousar a flor que o poeta Coleridge trouxe daquele jardim do qual, no início de tudo, fomos expulsos.

Nesta semana cheguei muito atrasado para o atendimento aos pacientes, pois esperei mais de uma hora o ônibus, já que nem os táxis, nem o Uber se arriscam a entrar na Ilha — temem os traficantes e os tiroteios intermitentes com a polícia. Chego preocupado com as pessoas à minha espera desde o início da madrugada e fico surpreso quando me dizem os amigos, grosseiramente, que deveria acordar mais cedo, pois os ingleses chegam na hora e os alemães quinze minutos antes. Chamo atenção para a responsabilidade de todos em nossa vida coletiva, pois não me considero um mártir ou salvador da pátria. As pequenas ocorrências vão, por ressonância, corrompendo o que poderia melhorar as causas de nossa indignação.

Os motoristas do Uber, por exemplo, têm passado por experiências constrangedoras na Ilha e, atualmente, não temos mais esse serviço. O último resistente ficou preso na barreira do exército, próximo ao mangue. Inspecionando o Uber, ao revistar o passageiro, o soldado evidenciou um crime — na mochila, um carregamento de munição para o tráfico de drogas. O motorista, ingênuo, alegava não conhecer o jovem passageiro, mas também ficou preso para investigação. Estava feliz antes da abordagem do exército, pois acabara de aceitar uma corrida na região. Levaria um cliente e, na mesma oportunidade, traria um casal de padrinhos para um casamento fora da comunidade, aumentando seu faturamento. Com a prisão temporária na barreira, coisa pior aconteceu. Fui informado de que os padrinhos ficaram retidos na Ilha e os noivos, perdido o horário, não puderam assinar no cartório os papéis. O noivo e a noiva consideraram um mau presságio a união naquela data.

No século XII, o capelão de Baudouin de Boulogne, ao narrar a história das cruzadas a Jerusalém, advertia que "a fé mútua uniu, mesmo aqueles que ignoravam a sua própria origem", referindo-se ao entendimento que houve entre estrangeiros, em perpétuo conflito, na distante terra sagrada. Aqui, apesar também das distâncias entre a civilização e a Ilha, a fé não uniu os noivos, que ignorando os convidados desconfiaram da própria aliança e duvidaram do acerto matrimonial.

XIV

Onde a Ilha é comparada à triste cidade de Zurique e o meu entusiasmo confrontado com o "amor fati" de um filósofo alemão e o sentimento de tédio do califa de Córdoba.

A caminho do posto de saúde, um paciente no ônibus pergunta em quem votarei nas próximas eleições. Eu, com outras preocupações, afirmo, estressado: "O voto é secreto". Depois, durante a viagem, converso com ele sobre a Ilha e suas necessidades e tento me desculpar pela resposta grosseira, pois conversa sobre política no Brasil, hoje, não contém mais a ilusão dos antigos gregos — cidadãos livres, discutindo livremente a organização da "polis"...

Passando a primeira barreira do tráfico de drogas — onde não convém fotografar — fiz, como sempre, uma foto discreta do movimento das árvores, no meio do mangue, debaixo da tempestade. A síntese — uma mistura de expressionismo alemão conjugado à falta de sorte da Mata Atlântica. Também aproveitei para fazer fotos de um burro, um cavalo, um cabrito e vários porquinhos. Todos displicentes, caminhando devagar, pois também "devagar... as janelas olham". Neste mundinho tropical, nesta vida besta, somente os traficantes e policiais vão ligeiros. Alguns policiais ainda mais ligeiros, na hora do almoço ou quando a propina estranha as mãos.

Meus amigos temem e querem me ver longe daqui. Acreditam que a violência entre traficantes e os militares possa me atingir. Um deles disse: "Tudo naquela Ilha é muito triste...". Lembrei de lugares piores em que a angústia é maior, mas alguma ação de melhoria foi criada. Citei, como exemplo, a conhecida cidade Suíça: "Zurique é menor que o cemitério de Viena, mas, em compensação, é muito mais triste".

Raciocínio de um fatalista... pois o destino me trouxe há 25 anos a esta Ilha e eu, ainda, não sofria de "amor fati":

"Não procure que as coisas aconteçam do jeito que você quer; em vez disso, deseje que o que acontece, aconteça do jeito que acontece: então você será feliz."

Quando cheguei aqui, não. Entusiasmado pela vida, porém não a aceitava, "não desviava o olhar" da crise brasileira e acreditava que a indiferença em nós seria uma imperfeição. Dar uma opinião seria um poder positivo — a manifestação de nosso discernimento, de nossa liberdade de consciência. Não me sentia livre aqui na Ilha, mas onde minha participação na luta? Não podia me privar de dizer sim para o que é bom e de dizer não para o que não convém. Se não tivesse nenhuma razão para aceitar ou rejeitar, estaria autorizado a ser indiferente — apenas neste caso, ou seja, quando a razão crítica se ausenta... Ouvir alguém dizer: "Não se deve tentar mudar a realidade...", "... não só suportar o que é necessário, mas amá-lo..." me provocava náuseas, estava além das minhas forças.

Com esses pensamentos, no meio dessa guerra civil suburbana, sem Rei, nem Parlamento a me apoiar, mas sob a influência das crenças do século XVIII e abaixo do Equador, me obriguei a rever o Contrato Social. Ser indiferente, nessas condições, apenas expressaria uma infeliz neutralidade, uma falta de conhecimento, quando não uma fraqueza de caráter.

Orgulhoso e otimista, lembro o quanto minha alma, ainda sentimental, se alegrava com essa atitude companheira, militante, integrada à cidadania e ao tempo presente. Entretanto, após todos esses anos na indiferença geral, percorridos nesta selva escura, nos labirintos, nos descaminhos de vidas solitárias e escondidas nas águas do mangue, algo estranho ocorreu. Ontem, ao descer do ônibus, em frente ao posto de saúde, ela, a minha alma, insistiu para que eu considerasse a validade de algumas outras verdades e trouxe à memória as palavras do Califa de Córdoba: "O estado natural da alma é um sentimento de tédio e um amor por algo estranho e novo".

XV

Onde se busca explicar a ideologia do trabalho voluntário em meio à cultura do clientelismo político, os paradoxos de comportamento dos habitantes da Ilha e o subterfúgio da promessa feita à minha mãe.

Na Ilha, cuido da saúde, principalmente, dos mais graves — abandono, miséria e violência. O trabalho de solidariedade que faço melhora alguma coisa — uma gotinha no mangue. Difícil dizer: nada. A dialética parece se ausentar. Estou lá há 25 anos atendendo o povo sem recursos financeiros. É trabalho voluntário e o fato de nunca ter me candidatado a algum cargo público cria um certo mal-estar... O clientelismo já faz parte da cultura local. Parece que, na periferia do Rio de Janeiro, não se aproveitar da miséria do outro é coisa antinatural...

No *Ensaio sobre o dom*, escreveu o antropólogo Marcel Mauss:

"Recusar dar, negligenciar, convidar, assim como recusar a receber, equivale a declarar guerra; é recusar a aliança de comunhão."

Na definição da troca primitiva, esse pensamento afirma a generosidade da dádiva e demonstra a esperança de fraternidade. Aqui foi degenerado em clientelismo eleitoral. Está forte, crescido como capim e se multiplica, igual aos mosquitos, a cada eleição municipal.

Eles perguntam: "Como pode trabalhar de graça e não se candidatar a alguma coisa?" — o povo não entende o que faço... Aprenderam com os primeiros portugueses, segundo consta nas *Cartas do Brasil*, escritas no século XVI, pelo jesuíta Manuel de Nóbrega:

"De quantos lá vieram nenhum tem amor a esta terra... nem trabalham tanto para favorecer como por se aproveitarem de qualquer maneira que puderem..."

Difícil mudar o hábito, difícil compreender. Eu também, muitas vezes, não entendo o comportamento de alguns... Recentemente uma paciente comentou: "Doutor, minha pressão está muito alta... muito aborrecimento...". Não consegue se conter e se estressa todo dia com o filho e a nora. Moram eles no quintal de sua casa. Conta que bebem e sempre brigam. E sempre bebem. No último fim de semana, mais uma vez se agrediram. A nora, desta vez, saiu de casa, pegou a neta e foi para a casa da mãe. Ontem ele foi buscá-la e à filha — saudades. Na consulta pergunto se, agora, eles estão bem. Sim, disse ela. Foram beber... para comemorar a reconciliação.

Um outro, dependente químico, revoltado com o seu próprio fracasso em abandonar o vício, pediu que a esposa o acorrentasse na pilastra da sua varanda, guardasse a chave e não o soltasse em nenhuma hipótese. Caso ela o atendesse, ele a mataria...

Nem sempre as explicações passam pelo filtro de qualquer racionalidade, razões não são causas e não sei como o outro recebe o que digo. Emissor e receptor, alguma coisa falha — a mensagem no meio do mangue sofre a interferência da lama, dos caranguejos, do isolamento colonial. Insisto. Tento explicar a ideologia do trabalho voluntário — ninguém compreende. Talvez compreendam, mas mantêm um olho no padre e outro na missa, porque a experiência de exploração é cotidiana e o hábito, como queria Aristóteles, gerou aqui uma segunda natureza.

Um outro paciente, ainda mais desconfiado, disse que eu estava mexendo com suas crenças:

"Doutor, o que eu sei é que ninguém presta... no princípio esperei você se candidatar a vereador, depois como não saiu para vereador, achei que você queria ser deputado, mas depois de 25 anos, sem se candidatar a nada? Está estranho!!!"

Para acabar com o constrangimento de alguns, negando a crença na Razão Iluminista, longe da justificativa ideológica de atuação voluntária em ações sociais, inventei uma explicação (para mim...) absurda: "trabalho de graça para cumprir uma promessa feita à minha mãe...". Até agora, não fui questionado.

XVI

Onde um paciente, antigo seminarista, deprimido, recusa os nove devaneios de um francês, caminhante solitário, a dialética da ascensão, o aconselhamento estoico e um inibidor seletivo de recaptação de serotonina.

Um paciente, antigo seminarista, agora casado, disse ontem não se sentir mais atraído por um certo tipo de especulação, nem ter vontade de conversar ou de sair de casa. Às vezes — continuou ele — tudo cansa...

Recordei J. J. Rousseau, antes de morrer, ao caminhar, doente e sem amigos, nas nove meditações em Paris: "... mas eu, afastado deles e de tudo, que sou eu mesmo? Eis o que me falta procurar". Insisti para ele não aceitar essa aprendizagem pela pedra da amargura e recitei: "No sertão a pedra não sabe lecionar.../ lá a pedra, uma pedra de nascença, entranha a alma". Disse ainda: às vezes, o sofrimento vem, mas é breve... e querer prazer contínuo é atitude de gente ingênua... Critiquei os pensadores dionisíacos quando alegam ser a dor sem sentido e insuportável. Sugeri meditar no aprofundamento da caverna do corpo, do espírito, se esforçar pelo esclarecimento... de compreender o papel positivo da "sombra" em sua vida, como um desafio em seu processo de individuação...

Parecendo mais desesperado do que ele, exigia atitudes e esqueci de ouvir o que ele tinha a dizer. Mais tranquilo, tentei ouvir. Ele nada dizia e mantinha o desânimo. Eu, compulsivo, didático, aproveitando o momento, descrevo a reação de um paciente falecido recentemente. Retoricamente, pergunto e respondo — o que ele desejava próximo ao fim? Não pensava no fim da existência, queria viver e saía em sua cadeira de rodas para o bar. Considerava, como Espinosa, que a sabedoria consiste em refletir sobre a vida, e não sobre a morte. Pensando estar em uma tribuna, caindo em pecado retórico, ainda persisti relatando sobre como relativizar as verdades sobre "a noite escura", ao duvidar das certezas tristes — "uma paixão que depende de ideias inadequadas...". Mantive: o conhecimento do mal é a própria tristeza... "o conhecimento do mal é conhecimento inadequado", buscando auxílio, novamente, em Espinosa.

Nenhuma mudança e ausente permanecia... na tentativa de dar um rumo diferente ao monólogo, expus algumas teses em psicopatologia, da possibilidade de intervir, quimicamente, sobre os neurotransmissores e anular o sentimento de inutilidade, a fadiga, o desinteresse, a incapacidade de sentir prazer. "Ecce homo" — anedonia... Eis a réplica.

Como solicitar ânimo a quem não tem mais a recordação desse sentimento? Tentei fugir do Prozac e enfatizei Platão, como é sugerido pela modernos sofistas da autoajuda e pela sutil filosofia, na dialética da ascensão.

Nenhuma reação. Apenas um murmúrio leve, algo entre um agradecimento pelo meu entusiasmo e o cansaço próprio — uma forma polida, mecânica, de resposta. De nada adiantava alegar, otimista, não ser ele portador de nenhuma patologia grave, iminente, terminal ou enfatizar uma terapêutica possível ou esclarecer que dramatizar a existência não melhoraria a sua vida. Em silêncio... esperei algum som ou olhar. Nada. Percebi ser, para ele, esta vida, a mesma que os gregos queriam bela, boa e verdadeira, uma doença incurável, algo que não valia a pena lamentar — não queria ele mais estar aqui...

Embora eu acredite ser "o sentimento uma artimanha da razão", derivando daí que não se possa separar a vida das ideias dos sentimentos sobre ela, me mantive calado, por não querer aborrecê-lo com assuntos pelos quais ele perdeu o interesse. Afinal, todo condenado tem direito a que se respeite seu último desejo e de recusar qualquer retórica de salvação...

Por um pequeno momento, percebi a tristeza dele como se fosse minha e vi que nós dois, ali, éramos como navios distantes, em um mar comum. Deixei a minha vontade de auxiliar ali ancorada e, como já era a última consulta, fomos tomar um chá na cozinha do posto de saúde.

XVII

Onde é explorado o surrealismo dos desocupados através de um amigo do cantador de Vitória da Conquista, de um livro de astronomia e de uma xilogravura do Renascimento nórdico, a qual foi confundida com um hipopótamo

Hoje, não consegui entrar na Ilha. Dia de Operação Policial. Muitos soldados na estrada. Helicópteros, Caveirão, tanques... sem opção, volto para casa nesta sexta-feira — manhã de guerra urbana no Rio de Janeiro. Em casa, na varanda, deixo um pedaço de mim no sol fraquinho, pego um livro de astronomia, deito-me na rede, estico as pernas e ouço no YouTube o cantador Elomar lamentando a morte de um amigo do interior da Bahia. Estava ele distraído — não acostumado ao trânsito da grande cidade e apaixonado pelo céu. Foi atropelado, por olhar a lua... nas ruas de São Paulo.

Volto os olhos para o texto celeste, onde se discute a densidade das estrelas em colapso — o tempo de vida é relativo ao referencial do observador. Da integração do canto de Elomar com a leitura, fico entre o mistério daqueles amantes perdidos, enamorados por luas, atropelados, não tementes ao trânsito urbano, ignorando o momento em que as estrelas foram acesas e as demandas da radiação de corpo negro, do efeito gravitacional, na dança cósmica das micropartículas:

"O único modo de evitar a conclusão de que o céu noturno devia ser tão brilhante quanto a superfície do Sol seria supor que as estrelas não brilhavam desde sempre, mas que haviam sido acesas em algum momento finito no passado."

A música simultânea à leitura me agrada — fuga, transmutação do sentimento da tragédia brasileira. Sinto-me criticado por Schopenhauer: "Só um perfeito idiota consegue, ao mesmo tempo, ler e ouvir música". O cantador já mudou o canto e abandono o meu lugar na rede — o sol parece já no verão. Elomar volta nos acordes medievais, estreitando nossa amizade e preocupado com o povo sofrido da caatinga:

"Antes mêrmo que nóis dois saudemo/ Eu te pregunto naquele refrão.../ Me arresponda meiiirmão/ Cuma o povo de lá tão?"

Tento não responder, por respeito ao filósofo, além do que não tenho acompanhado as notícias sobre a transposição do rio São Francisco, nem os detalhes dos investimentos públicos e privados na Região Nordeste. Ignorando, volto a minha mente para as palavras que leio na sombra e água fresca, aqui do meu quintal:

"[...] o espaço — tempo curvo altera não só as relações tradicionais descritas pela geometria euclidiana, mas também a duração dos intervalos de tempo."

O cantador de trovas medievais, não ouvindo nenhuma resposta da minha viola distante, insiste em responder:

"Só a terra que você dexo/ Quinda tá lá num ritirou-se não/ Os povo as gente os bicho as coisa tudo/ Uns ritirou-se in pirigrinação/ Os otro os mais velho mais cabeçudo/ Voltaro pruqui era pru pó do chão"

As minhas leituras sobre Cosmologia têm sempre essas interferências de fase e me fazem ir da caatinga para o grande colisor do CERN ou saltar, igual a passarinho, do alpiste para os buracos de minhoca... sem compromisso, longe do tiroteio perto do posto de saúde, alienado, mas com o celular do lado, percebo um alerta — uma notícia chega pelo WhatsApp. É minha irmã, viajando na terra de Schopenhauer, aproveitando para corrigir a própria mensagem que enviara sobre uma obra de arte: "A xilogravura de Albrecht Dürer não era um hipopótamo", como foi levada erradamente a concluir, mas um rinoceronte...

O surrealismo tem fortes raízes no Brasil e grandes representantes na vida brasileira, além do que já se sabe — cabeça de desocupado é mesmo oficina do diabo.

XVIII

Onde se descreve a insensibilidade de um juiz ao não reagir diante da ameaça de morte a um pescador, nem na defesa das pessoas que se dedicam à filosofia e lutam pela preservação da sombra dos burros.

Houve uma época em que a filosofia consolava os grandes homens. Hoje, os menores querem ironizá-la. Desconhecendo o valor do pensamento crítico para a construção de sua própria autonomia, repetem o ditado niilista: "As pessoas que se dedicam à filosofia lutam pela sombra de um burro...". Ignoram a resposta agressiva do filósofo francês: "A filosofia serve para afligir... para atacar o disparate... para denunciar a baixeza do pensamento...".

Desacreditam da reflexão por uma cidade justa e, fideístas, dobram as cabeças à experiência restrita e condicionada da posição social que ocupam — a torre de marfim com janelas de vidro fosco, referência absoluta da qual enxergam o mundo. Abandonam os cuidados do pensamento sutil, da vida solidária no acolhimento necessário às pessoas simples, mesmo ocupando cargos públicos em que essa atitude seria uma obrigação: "Bem-aventurados os que sofrem perseguição por causa da justiça, porque deles é o reino dos céus".

Preocupados apenas em retirar a sua parte do todo, na desigualdade de seu tempo, nos limites não generosos de sua classe social, vivem de seus pequenos poderes, sem um único pensamento fraterno.

Ocorreram-me essas considerações após atender a um apelo de seu Antônio, mestre pescador. Esse senhor de 79 anos criou e cuida dos currais de peixes da Ilha que, infelizmente, estão desaparecendo pelo aquecimento e poluição das águas. Uma pessoa com valores humanos, autêntica, amante da natureza e um dos poucos a conservar uma atitude solidária, perdida para muitos na violência deste lugar. É difícil imaginar, hoje, na Ilha, um jovem com o caráter, a cultura, as qualidades e a dignidade desse homem:

"Eu venho ao mar todos os dias há mais de setenta anos! Vim com meu avô, vim com meu pai, agora venho com meu filho, o neto... o mar... minha felicidade."

É meu paciente desde que cheguei à Ilha. Perguntou, quando o conheci, se eu aceitaria um peixe como forma de agradecimento, pelo serviço que faço, voluntariamente. Agradeci e recusei. Evito receber presentes... Sem sair de onde estava, comentou, com tranquilidade: "O senhor só pode doar... não pode receber?". Há muito mais coisas no mangue, além de caranguejos e de nossa vã filosofia...

Recentemente, os traficantes se inscreveram ilegalmente no programa de auxílio aos pescadores e seu Antônio foi convocado, por um juiz, para testemunhar e discriminar entre os inscritos quem era e quem não era pescador, já que a Associação dos Moradores da Ilha foi invadida pelo tráfico de drogas. Ele, preocupado, no consultório:

"Se faço isso que o juiz ordenou, vou ser assassinado pelo tráfico. Tenho 79 anos, não me importo... e não vou mentir para o juiz, mas minha família mora aqui na comunidade. Será que ele não sabe o que pode acontecer com meus filhos e netos?"

Nesse dia, devido à convocação do tribunal, apesar de estar medicado, apresentou dor precordial e pico hipertensivo. Avaliei seu estado de saúde, alterei a medicação e forneci um atestado para ser apresentado ao juiz, no qual declaro estar ele impossibilitado de comparecer à audiência, por motivo de doença.

Observando o não compromisso com a vida e a realidade das pessoas, vindo de uma autoridade pública, fico perplexo, e sinto-me ainda pior ao saber que, após a entrega do atestado, não se ouviu da boca desse juiz nenhum comentário sobre a saúde do meu paciente, ou se ele, o magistrado, havia manifestado algum interesse por algum filósofo ou lutava pela defesa da sombra dos burros...

XIX

Onde se tenta expor os seis novos paradigmas da ciência, antes da interrupção causada pelo movimento dentro do ônibus, pelo atendimento a dois pacientes esquizofrênicos e a tristeza por observar as flores que morreram no asfalto.

Debaixo do viaduto, enquanto espero há mais de uma hora o ônibus, leio um livro escrito na década de 1970 — *O tao da física*. Ali se enunciam seis critérios ou paradigmas da ciência, baseados em ilações possíveis, oriundas da mecânica quântica. A partir dessa abordagem, o autor propõe diretrizes para um novo Contrato Social. Todos os critérios têm base em mudanças epistêmicas. Parece complexo? Mais difícil é passar pelas barricadas dos traficantes de drogas.

O primeiro critério ou a "primeira barricada" é a recusa do modelo analítico — a explicação do todo pelas partes, comum à tradição cartesiana, ou seja: pela análise encontraríamos os blocos de construção fundamentais da natureza. As experiências em mecânica quântica mostraram que "as partes não podiam ser bem definidas" no sentido da mecânica clássica, sendo necessário observar e privilegiar as redes de relações, sem garantia de uma substância única, privilegiada, da qual derivaríamos o "resto".

O segundo paradigma é a mudança de pensamento a favor dos processos — na realidade, uma consequência do paradigma anterior. Afirma ele:

"Na física moderna, a imagem do universo como uma máquina tem sido substituída pela de um todo interconectado, cujas partes são interdependentes e têm de ser entendidas como padrões de um processo..."

O ônibus chegou. Impossível ler adequadamente com o movimento das rodas, nos buracos do caminho. Passo pelo mangue seco, em meio à poeira. Dizem, sempre, os pacientes, na escolha entre a chuva com lama e a poeira, a preferência é pela chuva. Bastando pôr o saco plástico nos pés... Já a poeira é impossível de retirar.

Muitos aguardando o atendimento no posto de saúde. Pacientes cardíacos, diabéticos, entre eles dois esquizofrênicos — um tentou suicídio e a família está sem a receita dos medicamentos. O outro, em surto, diz não ter problema algum, apenas que "a coisa" começou antes dele nascer... por causa de um sujeito dentro da televisão e de um dentinho a mais na sua boca. Tem 20 anos, ficou preso durante dois anos e apanhou muito na prisão. Segundo a família, antes de se envolver com o tráfico, não tinha nenhum problema mental. Entre um atendimento e outro, o absurdo das situações clínicas. O conhecimento em Astronomia aqui não nos dá socorro. O tempo não é, como acreditavam Aristóteles e Newton, absoluto... O tempo entre as consultas é de "homens partidos"... muito íntimo do sofrimento e "escreve-se na pedra".

Fim das consultas. São 17 horas. Um paciente no ponto de ônibus me diz, baixinho, que a polícia matou um dos garotos. Volto ao viaduto onde tudo começou e vejo os porquinhos que, agora, ignorando a polícia, o tráfico de drogas, o movimento ecológico, a formação das alianças internacionais, o ecumenismo, a crítica à indústria armamentista, o novo contrato social e os outros quatro critérios não explicitados e esquecidos no "tao da física" podem, em paz, comer o lixo. Vejo também "a flor ainda desbotada" que "furou o asfalto, o tédio, o nojo e o ódio".

XX

Onde se recorre ao último dos romanos e primeiro dos escolásticos, na tentativa de conciliar a fleuma dos matemáticos, a angústia dos poetas, a morte dos traficantes jovens e o filósofo que ensina as moscas a saírem do vidro.

As moças de vestido longo, debaixo do viaduto, trazem nas mãos os panfletos com as palavras do apóstolo. Nesta manhã, sem tiroteios e assaltos, elas podem divulgar a palavra da salvação, para as ovelhas perdidas neste portal do outro mundo. Enquanto aguardo o ônibus temperamental — vem e passa quando quer —, leio o texto de uma outra teologia, enviado em 1900 ao Congresso Internacional de Matemática em Paris — "Sur les problèmes futurs des mathématiques".

Ao refletir sobre os 23 problemas que os matemáticos do século XX deveriam resolver, acredita David Hilbert que todas as questões devem ser suscetíveis de uma solução rigorosa ou ser demonstrada a sua impossibilidade. Em matemática, o absurdo lógico ou "aquilo de que não se pode falar" é também uma resposta e faz avançar a ciência. Dizem os otimistas, a impossibilidade de construir um mecanismo capaz de realizar movimento perpétuo levou os físicos ao princípio da conservação de energia. Parecem ter, os matemáticos e os físicos, em sua análise, além de uma paciência infinita, uma crença na continuidade do saber e de suas contradições serenas, pois não consta na história ter algum matemático cometido suicídio por amor ou ódio a um teorema. Eis o problema... eis a solução! Os poetas não têm essa fleuma na espera — a tranquilidade da alma. Sofrem o agora, como o povo que cantou o primeiro verso do Ocidente:

"Canta, ó deusa, a cólera de Aquiles... que tantas dores trouxe aos gregos/ e lançou mil fortes almas no Hades — corpos de heróis a cães e a abutres pasto..."

E é já um sinal, um ultimato, perceber como a violência e a morte no canto dos primórdios anunciam já o nosso destino pela voz da poesia. São os poetas, como sabemos, homens trágicos. São homens tristes e ao expor suas dores não aspiram salvar as dores dos tristes. Pretendem mostrar "a quem sabe bem compreender que o mundo é enganoso..." e cantam o que está sempre lançado à nossa frente: "Uma pedra no caminho... fechada pelo lado de dentro...".

Nossas dores não permitem indiferença e causam danos irreparáveis. Os matemáticos não sofrem. Duvidam, pesquisam e caminham. Um, entre eles, com muito mais suspeitas, afirmou ser ela (nossas dores), inconsistente, ou sofrer de "incompletude", sendo apenas outra superstição sobre certezas que não desejamos abandonar. Apesar dele, outros devotos continuam resolvendo, desde 1900, os problemas propostos por Hilbert, e graças e prêmios são dados aos seus bem-aventurados esforços.

Para as impossibilidades matemáticas, a pesquisa sã. Para as humanas, a frágil e delicada esperança, mas os problemas humanos andam longe dos matemáticos afortunados e lado a lado com os poetas, nossos especialistas em excesso de infelicidade. O fato é — os poetas não resolvem problemas, às vezes fingem o que não sentem e, até mesmo para os filósofos, não são confiáveis... Devemos lembrar de Platão, admirador de Ésquilo e da poesia, mas que desejou proibi-la em sua "República". De um outro, conhecido como o "Obscuro", em Éfeso, temos ainda o terrível desejo: "Homero devia ser afastado dos concursos a bordoadas, como também Arquíloco".

Talvez, a filosofia possa nos auxiliar, já que as musas consolam apenas os felizes e a fortuna matemática é para poucos. Um entre eles, o filósofo Wittgenstein, oferece a saída do labirinto em que vivemos ao nos fazer ver que não há labirintos... afirma que certos problemas não possuem solução porque estão mal formulados. São provocados pela ilusão no uso de nossa linguagem. São os problemas filosóficos, tentativas desesperadas, frustradas, de saltar sobre os muros do que pode ser dito com ciência, não devendo caber respostas claras e distintas, restando apenas para eles uma solução final: serem dissolvidos, ou seja, exterminados... Como crianças, fomos enfeitiçados pela linguagem e criamos falsas questões. Agora, a nós é dado observar, perplexos, nossos castelos de areia se dissiparem à beira-mar. Acredita ele que há um efeito terapêutico nesse comportamento: "Qual o seu objetivo em filosofia? — Mostrar à mosca a saída do vidro".

Entro no ônibus e vejo na parede de uma das casas próximas ao mangue uma frase nova, um grafite de dor: "Saudades de Tadeu". Não há um erro nessa frase, não é um salto sobre o muro da linguagem, nem um problema mal formulado. Esse é o nome do garoto do tráfico morto pela polícia na semana passada. No grafite, vermelho, o risco de se lançar no mundo da violência deste lugar mal situado. Na Ilha, não poderíamos chamar essa chacina diária de teorema indemonstrável, enigma filosófico, ou classificá-la em nosso cárcere suburbano de "literatura de prisão". Os problemas estão mal formulados — é uma evidência. No entanto, não podemos aceitar que são provocados por um equívoco da linguagem. Aqui, quando os garotos do tráfico, sob tiros, saltam por cima dos muros, não é a linguagem que é violada, por enfeitiçar o nosso entendimento, mas um corpo que tomba sobre a propriedade alheia em fuga da polícia.

Os modernos pensadores são estranhos à nossa alma suburbana, talvez um outro filósofo, mais antigo e próximo à nossa realidade, possa melhor nos compreender. Em 524 d.C., o "último dos romanos e o primeiro dos escolásticos", Anício Mânlio Torquato Severino Boécio, no cárcere de Pávia, recebeu em sonho a "Filosofia", para conversar sobre a realidade além da linguagem, sobre o corpo violado no mundo e as ideias que podem morrer assassinadas, no esquecimento ou pelo engano.

Boécio, condenado à morte pelo imperador bárbaro, estava como qualquer habitante da Ilha, também agredido na prisão e não iludido pela linguagem do seu algoz. Descreveu a si mesmo:

"Este homem, outrora livre, estava acostumado/ A percorrer os etéreos caminhos a céu aberto./ Ele discernia a luz rósea do Sol/ E as constelações da gélida lua./ Perscrutava a órbita de todas as estrelas mutantes/ E, vitorioso, subjugava-as em fórmulas matemáticas..."

Para nós que estamos submetidos à violência diária, não é difícil imaginar Boécio distante, em sua prosperidade romana, a desfrutar da paz dos estudos em sua bela biblioteca "ornada de painéis de marfim e de espelhos", a confundir vida com a linguagem, iludido em "vita contemplativa". Entretanto, depois de preso e torturado, se aproximando de nosso sofrimento, confessa:

"[...] mas ei-lo aqui, prostrado,/ Desprovido de sua inteligência,/ Com a nuca curvada sob o jugo/ E vergado ao peso do corpo./ E, infeliz, é obrigado a fixar os olhos no chão.../ Eu imploro e a morte se nega a vir a mim./ Por que proclamaste muitas vezes minha felicidade, amigos?/ Quem se desvia é porque não estava no caminho certo..."

Sabia ele, em aflição, como sabem os soldados, traficantes e todos no meio do tiroteio, que a violência é distinta do discurso sobre ela. Prisioneiro, escreveu sua última meditação — *A consolação da filosofia*. Escolheu a filosofia para sua companheira, no cárcere. Com a alma torturada, ouviu, ao se queixar, a voz que o esclareceria: "Acho muito surpreendente que estejas doente da alma tendo pensamentos tão elevados...".

Ignorando a tese dos modernos pensadores, que julgam a Filosofia e suas questões, como uma ilusão criada pelo jogo confuso da linguagem, sonhou ele com a volta de sua alma ao seu lugar de origem: "Superata tellus/ Sídera donat" (A terra superada/ Oferece as estrelas).

Na Ilha, entretanto, nenhuma consolação parece possível. Sem filósofos, poetas ou matemáticos, predomina a indiferença, a perplexidade, o "beco sem saída", as barricadas, e parece que tanto faz se os problemas existem ou não existem, muito menos se foram ou serão resolvidos.

XXI

Onde se apresenta uma breve descrição da vida comunitária e é negada a distinção entre a vida besta, a filosofia, a poesia e a ciência, ao afirmar a esperança em visões místicas.

Aqui na Ilha, a paz dos cemitérios. Depois que o Exército desistiu e não reprime mais, o tiroteio acabou. Alguns policiais passam rápido — apenas buscam a propina da semana. Os traficantes, com suas motos roubadas e muitos cordões de ouro no pescoço, passam displicentes, tranquilos — "La dolce vita". A música vem do pequeno lava-jato, o qual presta um serviço material e espiritual aos mesmos "garotos do tráfico", quando limpam suas motos e carros roubados, devolvendo a cor, o brilho perdido na lama do mangue, aos seus despojos de guerra. Repetem, em sua admiração estética, os gestos e os olhares dos apreciadores de arte, em galerias sofisticadas. Alguns deles, ovelhas perdidas, já havia frequentado, no passado, os evangélicos e conheciam a passagem bíblica:

"Este se levantou, e feriu os filisteus, até lhe cansar a mão e ficar a mão pegada à espada; e naquele dia o Senhor efetuou um grande livramento; e o povo voltou junto dele, somente a tomar o despojo."

O lava-jato fica ao lado de uma creche do município, a qual serve de escudo para os traficantes nos encontros com a polícia e quando, em períodos de paz, sugere uma languidez interiorana, muito valorizada pelos antigos poetas e inocentes.

O nosso poeta Drummond escreveu sobre esse Brasil não urbano, onde "tudo ia devagar", confessando a Deus seu espanto diante dessa "vida besta". Vendo estes "garotos" armados, sem futuro, neste holocausto físico e mental, observo a vida longa da besta...

Saindo da Ilha a caminho do viaduto, recordo os taoístas... consideravam seus templos como locais de observação. Também os traficantes, sentados em cadeiras e sofás nas calçadas, em lugares elevados, com muitas armas e binóculo às mãos, contemplam os que passam, com o olhar no infinito, envoltos na fumaça densa e branca a fugir de seus cigarros de maconha.

Já na estrada, eu, em "asana" na cadeira do ônibus e "pranayama", ativo as forças vitais e respiro, prendo e solto lentamente a respiração ao experimentar múltiplas formas de pensar, de compreender a realidade, de observar correspondências...

Ultimamente, por exemplo, lendo o teatro de Nelson Rodrigues, antes de dormir, tive um sonho ruim. Em associação livre, fui informado de que o velho Hipócrates havia deixado para os homeopatas o segredo da terapia, dali acordei com vontade de reler os *Irmãos Karamázov*, confirmando a tese de que o semelhante cura o semelhante. Nesse livro, buscando alívio para o sofrimento deste lugar, encontrei a seguinte frase: "Muitas vezes, as pessoas, mesmo más, são mais ingênuas, mais simples, do que podemos imaginar".

A vida besta, a filosofia, a poesia e a ciência são apenas modos de falar, de viver, assim como os estrangeiros são formas diferentes do mesmo homem que somos. "Tudo é mistura", tudo tem relação com todas as coisas conhecidas e desconhecidas e aponta para uma unidade misteriosa, ainda não vista pelos pobres mortais, mas que se intui no olhar dos místicos.

No limite da linguagem, do meu discurso, do meu mundo, é necessário saltar sobre o abismo da terra plana cotidiana — quando, plenos de sabedoria, não teremos mais necessidade de seguir Aristóteles ou Lineu e classificar o que se manifesta ao nosso olhar. Abandonarei as categorias, as partes, as hierarquias... Agora, entretanto, vejo em símbolos, mas um dia verei face a face — a Ilha, os traficantes, o viaduto, o mangue, os caranguejos e a estrada que vai dar em lugar nenhum.

XXII

Onde a filha do cego Jorge lamenta no consultório o sequestro do pai e dá origem a uma discussão sobre a afinidade entre o conceito de felicidade e uma pequena pensão do INSS.

Chove muito na Ilha. O ônibus tropeça na estrada em meio ao mangue — evita as crateras da lua. Descendo no posto de saúde, é preciso buscar abrigo rápido, mas o portão principal encontra-se fechado devido à lama. Corro até a porta lateral, onde a inércia de um cavalo, mastigando capim crescido, obstrui a entrada. Desisto, "a luta é desigual..." e ir contra as forças da natureza é tarefa vã.

Ainda molhado, dou início às consultas. Entra Jacinta, a filha do velho cego, Jorge. Pergunto pelo pai ausente. Há vinte anos vêm juntos à consulta. Chorando, responde que o pai foi sequestrado pela irmã mais nova. Não conheço a irmã e não compreendo suas intenções, já que nunca o trouxe ao consultório e nunca dele cuidou... mas milagres existem — acreditam os abandonados. O velho Jorge não está sem cuidados, apesar da cegueira e dos seus 84 anos, tem duas filhas e uma pequena pensão do INSS.

Aproveitando a ausência da irmã mais velha, que triste me confessa a perda do pai e dele sempre cuidou, em dia de promoção no supermercado local, a outra, a sequestradora, o levou com toda a documentação, alegando que lá... com ela e o marido desempregado, o pai estaria mais feliz. O provérbio clama: "Quanto mais elevada é a natureza de uma criatura, mais íntimo e profundo é aquilo que dela emana...".

A felicidade é um tema complexo e tem ocupado há séculos a mente dos filósofos. É um tema espinhoso, de difícil topologia, não permite quantificação e não assegura fidelidade, pois até mesmo Aristóteles, após anos de boa convivência com seu mestre na Academia, disse: "Amigo de Platão, sim, mas muito mais da verdade".

O que é, afinal, a felicidade? Essa questão já foi resolvida? Pergunto, porque faz tempo que abordei esse tema e não estou atualizado sobre as novas descobertas. Se bem recordo, segundo os niilistas clássicos e alguns pescadores aqui da Ilha, "felicidade" seria não ter nascido... Os velhos hegelianos no século XIX, por exemplo, ao enfrentar esse enigma, evitavam essa palavra. Sábios, como eram, não desejavam aos amigos felicidade, mas bondade. Essa é uma antiga opção e Cícero a menciona na conversa mantida em 40 d.C., ao sul da Itália, com um amigo:

"Porque o livro que você escreveu... mostrou-me, assim como as nossas numerosas conversas, a força da sua convicção de que, para ter uma vida feliz, a única coisa que necessitamos é de bondade."

Os estoicos, em seu voluntarismo, eram autores de sua felicidade, vivida na distinção entre o que depende de nós e o resto. Não acreditavam, como Kant e alguns cristãos, na felicidade como recompensa em outro mundo para uma vida vivida em virtude — os cristãos sempre souberam de nossas fragilidades, em conciliar natureza e liberdade. Baudelaire, que detestava esse tipo de conversa, sabia da frustração dessa busca, comparando a ânsia de felicidade no mundo a um hospital onde cada doente, na sua irracionalidade e ativismo, "quer sempre trocar de leito...".

Na Ilha, as sutilezas são desnecessárias. Aqui "no meio do caminho desta vida... perdido numa selva escura/ solitário, sem sol e sem saída", aprendo o que a vida das pessoas simples me ensina — o valor da saúde de nosso corpo para o trabalho, a alegria de obter o pão nosso de cada dia, a amizade sincera no cuidado que temos uns pelos outros e a felicidade de ficar ao lado do pai e de sua pequena pensão do INSS.

XXIII

Onde se analisa, depois de um tiroteio, o debate entre aqueles que nunca puxaram uma carroça, os operários da indústria fordista, o trabalho dos médicos e, ao fim, se apresenta um apelo sobre a necessidade de uma nova fenomenologia para as questões relativas ao sofrimento.

Depois de um tiroteio, fugindo e feridos, dois garotos do tráfico chegam ao esconderijo na Ilha — uma casa alugada. Sem recursos, pedem a um outro que traga a enfermeira do posto de saúde para o curativo. No caminho encontram a agente comunitária, que abortando a missão explica: "A enfermeira, hoje, não veio ao posto". Informado da cena, pergunto por que nada me disseram sobre a necessidade de um médico? Ninguém responde e me vem à alma uma frase de minha formação — guardiã do culto aos deuses da medicina:

"Um médico não tem o direito de terminar uma refeição, quando um aflito qualquer lhe bate à porta... nem de perguntar se é longe ou perto... se pode ou não pagar..."

No posto de saúde, antes de ingerir a refeição, já tenho pacientes aflitos me aguardando. Se não almoço, fico hipotenso e minha mente não reage bem. Se paro o atendimento e faço um intervalo para comer, nego as minhas crenças. Na dialética desse impasse, a síntese se manifesta em um pedido de desculpas aos pacientes. Esperam... Eles compreendem e acenam a concordância com um leve sorriso, porque conhecem a fome e sua astúcia.

No consultório vazio, enquanto aqueço no forno a refeição, deito-me na maca e espreguiço o corpo, pois já são 12h30 e estou atendendo sem parar desde às 7h30. Cansado, quase chego a concordar com Aristóteles, quando afirmou ser o trabalho contra todas as formas de vida livre. A palavra usada em grego é "ponos" e tem o significado do que sinto agora — fadiga. Há outros, nossos contemporâneos, que também como Aristóteles refletiram sobre a questão do trabalho, sem nunca terem puxado uma carroça... Economistas, literatos, filósofos, diplomatas, matemáticos, consideraram o nosso tipo e jornada de trabalho como negação de nossa humanidade e alertavam com a evidência: quando libertos da coação física, da premente necessidade, os trabalhadores "fogem do trabalho como quem foge da peste".

O erro vem de se generalizar e não posso aqui considerar, nesse sentido, meu trabalho com os pacientes, porque não sou um operário da primitiva indústria fordista, um técnico especialista em "cabeças de alfinetes" ou parafusos e estou mais próximo dos defensores do ócio criativo, pois também sei que "quando olho pela janela, estou trabalhando...".

Para definir meu trabalho com os pacientes — o ato médico —, preciso desconfiar do moderno sistema de saúde e dos sábios... Diante de discussões desse tipo, do ardil que possuem, sigo a advertência de Cervantes: "Desconfia do boi à frente, da mula atrás, do monge de ambos os lados". Não basta apresentar um programa, uma meta ou método. Aqui também o método se mistura ao objeto... e quando há algum impasse ou contradição é porque ali se exige da razão ir além das suas limitações, do que pensamos já saber... na fria escritura algo se perde. É necessário engenho, arte e uma nova fenomenologia para as questões relativas ao sofrimento. Impossível compreender sua realização, distante e com um ponto de vista apenas funcional, burocrático. Não há prontuários, relatórios, a elucidem o ato vivo. O paciente entra deprimido no consultório, conversa e, ao sair, volta e diz: "O senhor existe?" — em consulta com outro médico, teve a percepção de que não existia para ele... O exame individual, subjetivo é o que, às vezes, aproxima, apreende e qualifica a vivência para o entendimento — inútil descrever.

O fato, para quem esteve presente, é de difícil determinação... é preciso refinar o gosto para apreciar o milagre — uma ocorrência sempre possível, até mesmo na hora do almoço.

As consultas continuaram, em sua rotina. Ao fim do dia, um pescador me oferece uma carona. Peço, por favor, que espere um pouco e fico no consultório terminando uma receita. Ainda no posto, uma paciente me orienta a não seguir com a carona, entre outros motivos, porque o carro não tem freio e ele só dirige bêbado. Digo a ela que ele mudou, mas o povo daqui não acredita em mudanças.

Ao sair vejo um carro muito sujo, caindo aos pedaços, estacionado. Pensando ser o carro do pescador, ponho a mão na porta para entrar. Sou surpreendido pela presença de várias armas e quatro rapazes comendo sanduíche. Não ficaram preocupados e nem se assustaram com o meu gesto. Um deles, apontando para fora, diz: "Doutor, a carona é no outro carro". O pescador conhece os garotos de fuzil e eles me conhecem — um dos traficantes daqui é seu sobrinho.

No caminho, pelo mangue, vamos conversando. O pescador é meu paciente antigo. Hipertenso, diabético, portador de coronariopatia, muitos problemas no passado sobre temas que não revela... e aguarda o SUS liberar um cateterismo, já solicitado há meses. Não reage às críticas de que só dirige bêbado, mas se revolta diante do comentário do veículo não ter freio: "Povo falador... o carro sem freio é o outro, esse não tem problema...".

Os temas da conversa vão de um assunto a outro, de acordo com os buracos da estrada. A cada buraco um novo drama. Disse ter ido pescar em Búzios, afirma: "Só os estrangeiros sabem aproveitar o Brasil". Sobre os policiais, o pagamento atrasado, e a insatisfação no trabalho, explica: "Ninguém quer se arriscar a morrer sem salário". Quando passamos perto de um outro grupo armado, apontou um rapaz: "Aquele ali é o filho do traficante que mataram, o pai foi e ele ficou...". Comentei que o rapaz poderia ter uma estória diferente e narrei a saga de Jean Valjean — o condenado que reescreveu um outro destino em *Os miseráveis*, de Vitor Hugo. Interrompendo meu relato, diz: "...mas o nome dele não é esse, ele se chama Edmond Dantès". Eu, surpreso, pergunto: "Você leu *O Conde de Monte Cristo*, de Alexandre Dumas?". Ele: "Não li o livro, vi só o filme". Quando tentei voltar a *Os Miseráveis*, desconversou, pedindo que não lhe contasse o final da estória porque quer ver o filme.

E assim tem sido durante estas mil e uma noites. É mais um dia de trabalho e anoitece no mangue, não há frutos, apenas os semeadores de um novo tempo, de estórias de vidas subterrâneas, de enigmas não relatados do último homem...

XXIV

Onde se observam, na Ilha, os mortos governando os vivos, quando os empreendedores da nova civilização comercial se esforçam por superar a Roma máxima em sutilezas do espírito e estratégias.

Na Ilha há muitas autoridades. Elas, em sua maioria, nunca comparecem ou atuam diretamente no local. A única exceção são os traficantes — presença contínua. De forma intermitente temos alguns policiais, no varejo, em busca da propina da droga, ou junto aos militares em suas chacinas e incursões eventuais. Os prefeitos, deputados e vereadores são como os mortos, ninguém os vê, mas governam os vivos nesse curral eleitoral. Cada qual tem seu quinhão no latifúndio da pobreza. O prefeito contrata seu grupo administrativo atendendo ao pedido dos vereadores, aliados do seu partido. Os vereadores têm seus eleitores fiéis atendidos em suas pequenas necessidades. Necessidades, hoje, também, atendidas pelos eleitos com o consentimento do tráfico ou da milícia. Administrar é conceder favores e o grande projeto público é permanecer, privadamente, no poder.

Os empresários se adaptam a esse jogo de influências com a mesma sabedoria das águas sujas do mangue e nunca discutem com os obstáculos, simplesmente os contornam, com uma percentagem dos lucros, um arrego, um agrado...

Dentro do ônibus, indo em direção ao posto de saúde, assisto a uma cena cotidiana orientada por esses empreendedores do capital, especialistas no "business-to-business", dinâmicos, inovadores, todos conectados e com "benchmarking" nos subúrbios da periferia. O traficante com o fuzil no ombro para o ônibus e manda o motorista abrir a porta. Um rapaz, vendedor de vassouras, o acompanha. Sob seu comando entra pela porta traseira e não paga a passagem. O motorista, cortês, argumenta — o dono da empresa já conversou com o chefe da boca de fumo e houve um acordo para que ninguém entre sem pagar. O traficante confirma o nome do chefe, concorda e manda o vendedor de vassouras... descer.

Um pouco antes, havia o motorista cumprido outro ritual, vedar a câmera interna do ônibus, com um pequeno pano negro — proibido filmar. Nosso Cinema Novo tinha por lema uma câmera na mão e uma ideia na cabeça... Aqui não prosperaria, dado que filmar um traficante só pode ser ideia de alguém sem juízo.

O ônibus segue e a minha consciência sobe até Virgílio:

"Tu, romano, lembra-te disto: outros povos te superarão na arte de esculpir... outros ainda terão a capacidade de calcular melhor que ti... mas serás capaz mais do que qualquer outro de governar os povos, difundir a civilização, perdoar os ignorantes e debelar os soberbos."

Difundindo a nova civilização comercial, perdoando os ignorantes passageiros e debelando os soberbos garotos do tráfico, os empresários da Ilha superam o poeta na Roma máxima.

Reavivando a grande tradição do mecenato, ao lado do lixão, os modernos empreendedores do mangue negam à grande flor do Lácio a sua primazia. Diferente do apoio dado aos pintores, escultores, arquitetos, músicos e poetas gregos, romanos e renascentistas, aqui na Ilha, neste original e criativo capitalismo de periferia, aplicando os modernos recursos de negociação, são eles, ao lado dos usuários, atualmente, os novos Mecenas, financiadores e preceptores cultos — pedagogos para a harmonia social, mestres em sutilezas do espírito, em bom senso, otimismo, estratégias e escolhas conscienciosas.

XXV

Onde a lógica aristotélica sofre restrições pelo fato de uma mulher, refém com sua neta, na própria casa, ser obrigada a dar café e almoço aos bandidos, além de negar à neta o real valor de um silogismo.

Uma paciente, na última sexta-feira, disse preferir quando os policiais corruptos (X9) antecipam aos traficantes locais o dia, a hora e os detalhes da operação policial. Assim os "garotos" escondem as armas no mato, os "chefes" saem da Ilha e esperam as coisas esfriarem... Com este raciocínio, concluiu ela: "Não tendo confronto, não tem tiro, não morre nenhum inocente e se pode andar na rua sem preocupação. Lá fora, perto da casa da minha irmã, se não tomar cuidado você pode ser estuprada, assaltada ou coisa pior...".

Continuando a consulta, ela se queixa da pressão arterial alta, da tosse seca, de um "bolo" na garganta e uma respiração estranha. Completa os sintomas, afirmando: "Minha casa foi invadida!". Pergunto sobre o ocorrido, pois há uma semana sem vir à Ilha... ainda não conversei com ninguém: "Brotaram um monte de polícia na praia, onde moro, e os garotos do tráfico entraram lá em casa. Fingiram que eram meus parentes, enquanto a polícia pedia documentos de todos lá fora...".

Não podendo examiná-la, pois precisava ela desabafar, nem tento usar o estetoscópio para prosseguir com o exame físico, e a ouço dizer: "Chegaram de manhã, armados, tomaram café, almoçaram, ficaram até o fim da tarde e eu com eles, tomando conta da minha neta...".

A neta de 5 anos estranhou a presença do grupo e a toda hora repetia: "Vocês não moram aqui, vocês são bandidos, vão pra casa de vocês!". "Eles" — disse revoltada — "na preguiça do sofá, vendo televisão, respondiam: 'Fica quietinha, neném, vai brincar...'".

Ajustei a medicação e, obviamente, os sintomas não evidenciavam estado gripal, nem refluxo gastresofágico, apenas aumento da pressão arterial, taquicardia e um não sei que "solitário(a) andar por entre a gente/... ter com quem nos mata lealdade...".

Saindo da consulta, não observei em sua repulsa aos traficantes por terem invadido a sua casa, pondo em perigo a sua família, nenhuma contradição entre a situação vivida e a frase dita no início da consulta.

No mangue da Ilha, a relação de causa e efeito foi abolida. Aqui se raciocina por analogia e um argumento não se desdobra em silogismos aceitos pela lógica da classe média urbana e universitária. O conflito contínuo limita, aborta a reflexão e o absurdo não causa espanto, não cria novas possibilidades artísticas e filosóficas, nem faz avançar a semiologia médica. A violência obstrui a passagem das premissas à conclusão e apenas provoca tosse seca, um "bolo" na garganta, uma respiração estranha e picos hipertensivos, apesar da medicação. O raciocínio por analogia, entretanto, é uma luz para entender estes homens e mulheres e indica um caminho, uma tendência...

XXVI

Onde uma paciente, avó de um traficante de 18 anos morto pela polícia, não quer mais se tratar por não compreender, como os matemáticos, que o caos é imanente à nossa existência e, embora as condições iniciais determinem os fatos, a sensibilidade a essas condições é imprevisível.

Dona Vânia, 67 anos, entra no consultório com os exames prontos. Os resultados: muito ruins. Pergunto se está fazendo uso dos medicamentos para diabetes e pressão alta. Diz não estar usando nas horas certas e não ter mais vontade de se tratar. Antes de minha reação, lastima e chora por ter perdido o neto. Morreu em confronto com a polícia. Admite ter ele mudado de vida na rua — em casa, não. Estava fazendo "coisas erradas... andando armado, vendendo drogas...". Tinha 18 anos. Era o neto a quem era mais apegada. Implorou para ele "largar essa vida, trabalhar... mas são todos iguais... eles não ouvem". Com a cabeça baixa, esconde as lágrimas: "... passava lá em casa, perguntava se o café estava quentinho, se tinha sobrado bolo... me abraçava, dizia que eu era a avó preferida...".

Antes de sair, olhando nos meus olhos, suplicante, diz: "Ele não era bandido dentro de casa!". Fere a compaixão imaginá-la aprovando, por implicação lógica, ser, ele, bandido em casa alheia.

Os pacientes mais velhos não sabem como explicar... Eles estão, como todos os moradores da Ilha, impotentes, reclusos, perplexos. Como as coisas mudaram e por que mudaram? Dizem: "Antigamente, tudo por aqui era muito calmo". Falam porque confiam em mim, mas falam baixinho. O caos tem seu silêncio, sua preocupação, apesar do livre curso. As causas do que ocorre hoje — difícil saber.

Essa questão é tratada, sem tanto sofrimento, pelos matemáticos. A ordem não é surpreendida pelo caos. A desordem se comporta diferente de um bicho de tocaia. Ela não ataca os inocentes. Ela é de natureza não linear — não dá satisfação a ninguém. São as condições iniciais que determinam os fatos. Entretanto a sensibilidade a essas condições é imprevisível. O mesmo início pode flutuar em direções diferentes. Toda previsão é impossível e não temos a garantia de um futuro sem falhas — como todo filho feio, difícil achar o pai...

Tudo flui como queria o grego de Éfeso — não sabemos para onde...

Lamenta-se a vida que se leva e os deuses da instabilidade — a boa e a má Fortuna. O caos é imanente à nossa existência, e não uma falência dela. O que podemos fazer? É melhor? É pior? Os cientistas não têm opinião sobre finalidades, apenas sabem que o ponto de inflexão irá ocorrer.

A natureza ama se esconder na instabilidade e não existe, ainda, a ciência do que "nós queremos". Não há como saber onde começou a mudança... ali onde não é possível mais recuar. O que podemos afirmar sobre o neto de D. Vânia é que ele poderia estar estudando em alguma universidade, comendo o bolo que, agora, a avó abandonou aos porcos, e não enterrado em um cemitério na periferia do Rio de Janeiro.

XXVII

Onde são comparadas as reações na Ilha ao movimento feminista, enfatizando o poder que as mulheres têm sobre os meninos e os efeitos de tal educação em não abrandar no espírito deles, quando adultos, a perseguição às irmãs dos outros.

Dizem que foi Charles Fourier quem inventou a palavra "feminismo". No baile "funk" não foi, com certeza, nenhum socialista utópico que criou a expressão "novinha", para se referir às adolescentes e "cachorra" para as outras mulheres. Algumas, entre elas, não se importam com questões de linguagem, discordam do movimento e dizem que não há discriminação — "… a mulher é que precisa saber se impor!".

Na Ilha, não existe movimento feminista. Ninguém sabe quem foi Simone de Beauvoir, Julia Kristeva, Betty Friedan, Angela Davis, muito menos leram Judith Butler. Entretanto, alguma reação sempre acontece. Aquelas que têm companheiros inúteis, simplesmente os amam, "chegam juntas" e esperam algum resultado. Não conseguindo construir um muro na casa humilde ou um banheiro melhor, pedem a separação. Outras mais jovens se apaixonam, largam o marido, os filhos e fogem com os amantes. Outras, mais jovens ainda, quando descobrem que foram contaminadas, pela sífilis do marido, voltam para a casa dos pais. A maioria, entretanto, acredita no casamento e quer preservar a união.

Alguns casos são coisas do lugar… Dona Cristina e Seu Jorge — um casal que sobrevive catando lixo. Hoje, apesar de serem chamados de recicladores, continuam catando, do mesmo modo, o velho lixo. Conta que o marido a maltrata. Vindo ao consultório, sozinha, mais uma vez relata ter sido agredida por ele. Uma amiga indicou buscar a delegacia de mulheres. Ela hesita, teme sobre o que possa acontecer… com o marido. Muito tempo após essa conversa, não suportando mais, buscou ajuda policial e me confessou: "A delegada deu um susto nele e tudo ficou diferente; agora, pra qualquer coisa, só me chama de senhora".

Apesar disso o marido continua agressivo. Está preocupada com ele, pois tem problemas no pulmão e ainda assim continua fumando. Ela, lembrando o conselho dado por mim, insiste para que Seu Jorge largue o cigarro. Ele xinga, grita e não para de fumar, mas também não levanta mais a mão... Ela não sabe mais o que fazer. Deitada ao seu lado, em mais um dia de grosseria, desabafou: "Tentar ajudar este homem é como entrar no pasto e puxar um burro pelo rabo". Reagiu ele com desconfiança — ficou assustado ao ouvir o comentário. Não acreditou que ela soubesse falar assim... Atribuiu a frase a um espírito que o persegue.

Há uma contradição no poder dado às mulheres sobre as crianças e o pouco caso que, quando adultos, eles, os meninos crescidos, dão a elas. Talvez o machismo tenha relação com o tipo de educação infantil e o ressentimento dos filhos contra as próprias mães. Lembro que minha avó, criada em lugar semelhante, recebeu e aplicou em meu pai a mesma formação que herdou. Usou e abusou da "navalha de Ockham", ao se deparar com nossas críticas ao seu modelo pedagógico. Por exemplo, ao conflito entre inteligência e vontade, ou às digressões sobre o livre-arbítrio, sob o qual padeci durante a minha iniciação filosófica doméstica, dizia: "Vontade dá e passa!" e "Só inteligência não adianta nada!". Desses prolegômenos, em fase mais avançada pudemos aprender o "apressado come cru" e o "cala a boca, presta atenção... tem alguém mais velho falando!".

Enfim, o efeito pedagógico sobre a formação de nosso caráter, realizado por essas mães, é difícil de avaliar. Apesar do grego Péricles ter exaltado as condutas que não são fruto coercitivo das normas, mas "do deliberado modo de viver", ainda não compreendemos claramente os efeitos de tal educação em não abrandar no espírito dos homens o autocontrole, o domínio da vontade, evitando a perseguição e as crueldades, na vida adulta, às mães e irmãs, dos outros, em seus direitos fundamentais.

XXVIII

Onde se compara o silêncio dos habitantes da Ilha, diante de nossas tragédias, com o mutismo de um matemático inglês, para que uma bala perdida não lhe caísse sobre a cabeça, no período em que esteve no Parlamento, acrescido de sua radical reação, como um bicho estranho, ao dizer: "Hypotheses non fingo".

Leio alguns livros como evasão — uma das formas sagradas da alienação consciente. Nesse fascínio levo minha alma a passear, como recomendam os poetas. A realidade da Ilha expulsa o que é humano, demasiadamente humano, e não é incorreto passar despercebido — sair de cena e silenciar. Li que Isaac Newton, ao ser eleito para um mandato no Parlamento inglês, teve uma participação estranhamente nula, durante aqueles dois anos. Não consta nenhum discurso, proposta ou aparte durante o período. Apenas um fato, além de suas contínuas ausências, foi relatado. Nesse dia incomum, ocorreu a ele emitir uma expressão verbal no Parlamento. No início da sessão, como fazia muito frio, solicitou a palavra e, com a oportunidade de se dirigir a seus pares, foi ouvido, solenemente, ao solicitar que alguém fechasse a janela...

Compreendo, como médico, a preocupação dele com o vento frio. Fiquei, entretanto, imaginando o motivo do silêncio contínuo no Parlamento, do homem considerado pela tradição do Iluminismo um gênio — "o grande arquiteto da Razão". Pergunto se, para alguém condicionado ao estudo e à reflexão amadurecida, seria aquele ambiente do Parlamento mais nocivo, se comparado à miséria de nossa periferia. Teria lá ocorrido algo tão absurdo, como aqui já aconteceu, de alguém presenciar uma chacina ao lado de sua própria casa e, ignorando... nenhuma palavra se apresentasse à língua? Enfim, qual trauma, fato, a anular sua participação, seu testemunho, sua voz no Parlamento? Levanto essa questão, longe do despotismo esclarecido inglês, "aqui, onde os mortais lamentam os mortais..." e nenhuma opinião é permitida.

No consultório do posto de saúde, se percebe no olhar das avós para seus netos também um silêncio, quando não sabem livrar seus "meninos" da violência do tráfico. Também eu não saberia explicar a ausência de voz do sistema de saúde para encaminhar, de forma rápida e adequada, um paciente com suspeita clínica de câncer para biópsia. Ficam meses entre o risco das metástases e o socorro sempre adiado. Essas questões graves e até coisas muito mais simples não conseguimos explicar...

O silêncio, nesses momentos, se impõe, já que sair à rua "exibindo à luz do dia nossas penas... a dar gritos para o céu...", aqui na Ilha, não é prudente, mesmo para pedir auxílio a Deus, como sugeriu um filósofo basco: "Um 'Miserere' cantado em comum por uma multidão castigada pelo destino vale tanto quanto uma filosofia". Não é o caso...

É difícil avançar sobre esses temas, mas alguma coisa ainda penso em balbuciar... Diferente de nós, tinha Newton um silêncio operativo, um método peculiar, uma estratégia para avançar sobre um tema. Dizem seus biógrafos que, ao adquirir *La Géométrie* de Descartes, a leu sozinho, sem buscar alguém para o auxiliar:

"Quando vencia duas ou três páginas e não conseguia entender mais nada, recomeçava e chegava até três ou quatro páginas adiante, até deparar com outro ponto difícil. Então, começava de novo e avançava mais além..."

Qual estado de espírito teria ele ao presenciar a rapidez e urgências das decisões do Parlamento, os acordos, a opressão coletiva dos debates diários dos políticos, quase sempre, como hoje assistimos, plenos de argumentos tolos, de inferências impróprias, de arrogância hostil, de partidarismo contra o bem comum, de certezas convenientes a interesses escusos? Teria ele desistido desse pequeno mundo de tolices diárias? Teria ele talvez, em sua solidão, passado por uma grave crise de consciência? Uma contradição no seu modo de viver, evidenciada em alguma antinomia parlamentar?

Aqui na Ilha, também temos crises de consciência, mas a população reza e silencia. Por que Newton silenciava e, entretanto, vencia obstáculos e avançava sozinho? Por qual motivo teria ele omitido seu raciocínio claro, sua lucidez profunda? Suspeito, depois de muito analisar, ter encontrado a explicação no seu livro, *Principia*, naquela passagem, quando afirma: "Hypotheses non fingo". Um homem treinado na reflexão lógica, nos questionamentos fundamentais sobre a Natureza, é posto diante de um dilema — como manter o raciocínio rigoroso ao lidar com os sofismas dos políticos? Aristóteles já não havia escrito sobre a questão? O que fazer? Como avançar nesse ambiente, de forma tão útil como realizado em sua leitura de Descartes? Ora, esse mesmo homem, como havíamos escrito, declarou que não inventava hipóteses — "Hypotheses non fingo". Apesar dos limites da época, a declaração justifica e orienta o seu método em ciência, ou, como se dizia, em "filosofia experimental".

Tentava ele com essa atitude fugir das grandes hipóteses, de natureza metafísica, que pretendiam subordinar e conduzir as pesquisas: "[...] as proposições particulares devem ser inferidas dos fenômenos e, depois, generalizadas por indução". Acredito, mesmo hoje, não ter sido ele compreendido e, por isso, sabia se manter em silêncio e solidão, como um bicho estranho...

Aqui na Ilha, teria ele provado, sem palavras, que o problema da inércia não se deve aos seres humanos buscarem o repouso, como se fosse um estado natural... A demonstração exige aceitar o reconhecimento das forças envolvidas, ou seja, as forças que asseguram o não movimento das pessoas e a melhoria das suas condições de vida. Infelizmente, não conseguiria mostrar que o problema da área, no movimento do tráfico de drogas, possui uma relação inversa com o problema do gradiente o qual, entre nós, apesar de tangenciar a dinâmica das forças policiais, envolve outras variáveis para seu equacionamento.

Por fim, dedicaria seu tempo a mais difícil questão e talvez não chegasse a bom termo... Faço referência ao problema da gravidade. Por não haver maçãs na Ilha, teria ele de obter o "insight" da tese no exato momento em que uma bala perdida lhe caísse sobre a cabeça...

XXIX

Onde se inicia uma discussão sobre um exército de jovens sem futuro, a falta de diálogo na Ilha e o exemplo de reintegração social de um escultor florentino, após processo judicial, por ter ele se envolvido em alguns "autos de resistência".

Atualmente, a tropa do tráfico tem apenas oito garotos na primeira barreira e mais seis na segunda. Em frente ao posto de saúde — alguns de motos, metralhadoras, binóculos, radinho e fuzil. Na Ilha, estamos em estado de invisibilidade social e apenas seremos resgatados se nos usarem como moeda de troca. Mao Tsé-Tung ensinou no *Livro Vermelho* que "a bomba atômica era um tigre de papel" e solicitava ao povo chinês: "Não calar nada do que você sabe, não guardar para si nada do que você tem a dizer".

Na Ilha ninguém teme a bomba atômica, mas diferente dos chineses ninguém "fala pelos cotovelos"... Afinal a China pode ser conquistada, mas nunca ocupada. Aqui, como observamos, neste ambiente de militância juvenil, a Ilha já foi ocupada, mas será inconquistável tanto pelo lado mau como pelo lado bom da "Força", enquanto houver desemprego, miséria, desigualdade social e ninguém se manifestar. Este lugar, como muitos outros iguais no Brasil, é um terreno fértil para a formação de um exército de gente sem futuro. É um holocausto de mentes que poderiam estar sendo destinadas para a Ciência, a Filosofia, a Arte, mas que são arregimentadas para o tráfico de drogas ou para a inércia social. Parece um suicídio coletivo, entretanto há divergências, como advertia o coveiro em *Hamlet*:

"Dá licença. Eis aqui a água, bem. Aqui se ergue o homem. Bem. Se o homem vai até esta água, e afoga a si mesmo, isto é, vai-não-vai, ele vai, houve isto."

Quem é o responsável? Herança colonial? Séculos de escravidão? Subdesenvolvimento e dependência econômica? Na década de 1960 era comum, entre os que exigiam mudanças radicais, criticar a "esquerda" afirmando: "O partido comunista só vai até onde termina o asfalto". Dali em diante a igreja seguia... Nada mudou, só a igreja, não mais católica, e composta de novos pastores evangélicos, nas casas, nas ruas, embaixo dos viadutos, pregam a Palavra e ameaçam os pecadores com o Doce Jesus, sem imputação pessoal de fato, "in abstrato".

Hoje, ninguém vem aqui e ninguém mais sabe o que fazer. Entre os dois saberes extremos — a ciência absoluta e a ignorância total — restou "só o palpite infeliz, daquele que não sabe o que diz"... Como observou Platão no "mito da linha dividida", a opinião (a "doxa") não produz um conhecimento certo, nem, com certeza, é apenas ignorância, mas lança nessa neblina um assentimento, um tom, um modo de dizer a exigir concordância, que traduz a vontade de submeter o outro. Seduzir ou assediar — eis a questão. A opinião é ainda desejo e todo desejo traz em si a falta, a ausência, a necessidade do complemento a ser conquistado — e mostra quem você é. A frustração nascida do desejo negado gera a raiva, a vingança e o terror.

Assim, de opinião em opinião, como observaram os gregos e os escolásticos, inclusive os sensíveis contemporâneos, há sempre um potencial de violência, pois não se pode evitar o temor daquilo que um outro possa assentir de forma contrária à nossa opinião. Aqui, sem tanta dialética, o tráfico não permite, nem opinião, nem conhecimento certo, nem ignorância cética e, afinal, usam pouco os serviços no posto de saúde... Em contraste com a nossa falta de diálogo e hospitalidade, o escultor renascentista Benvenuto Cellini tinha espaço em sua própria casa para unir a atividade criativa em arte e a vida doméstica.

À noite, sob a lua da Toscana, reunia os amigos para conversar sobre estética, ciência, política e religião, dando ao espírito seu alimento e ao corpo o saboroso pão ázimo, azeitonas verdes e vinho branco. Depois de muito ouvir e prescrever no posto de saúde, otimista com o futuro, imaginei um encontro com Cellini. Lá agradeceria pela recordação, pela possibilidade de unir o espaço privado ao trabalho e conciliar a opinião com a boa convivência, na construção de uma nova aurora para a humanidade. Ainda mais, iria prestar uma homenagem póstuma a esse escultor de Florença, que semelhante aos garotos do tráfico e aos jovens soldados da polícia militar também viveu em meio à violência. Em sua época, como aqui na Ilha, foi obrigado a dar explicações à justiça, por ter se envolvido em alguns "autos de resistência". Entretanto, depois da audiência de custódia e o devido processo penal, pôde ser resgatado e sublimado na arte, uma outra vida... De memória, recitarei para ele e todos os convidados este verso da antiga pretensão humanista:

"Este é o homem de todo excelente — quem tudo compreende por si só, pensando no futuro e nas coisas que levam a um fim melhor."

XXX

Onde se percebe uma relação entre o ato médico, os ritos religiosos, a troca de turno dos traficantes de drogas, a rotina dos peregrinos adictos e uma tese de um filósofo dinamarquês sobre a "repetição" como transcendência.

Aqui na Ilha há uma capela da igreja católica. Muito antiga, é o lugar da fé de alguns, pois a maioria já frequenta as igrejas protestantes. Semana passada, indo em visita a pacientes acamados, pude ouvir o padre que, na pequena igreja, recitava o "Credo". Aprovado pelos primeiros cristãos do século III, resume a profissão de fé de um católico. Repetido em todas as missas e cerimônias há séculos, ecoa na Ilha, na voz do velho padre, como uma confissão íntima ao vento... Os garotos do tráfico, fora da igreja e indiferentes aos medievais, possuem outras preocupações — passam de mão em mão o cigarro de maconha, após uma longa e profunda tragada.

O padre recita na Ilha o mesmo Credo que de Niceia e Constantinopla se ouvia. O que revela o Credo? Um conteúdo ético, metafísico — aponta para uma conversão e se tornou um hábito. Segundo alguns estudiosos da psique humana, repetimos o que não podemos lembrar, e esse esquecimento é proporcional à resistência em aceitar o recitado. Para os místicos essa interpretação é fruto da neurose do homem comum. Afirmam: a repetição é útil e nos dá a certeza de que o passado não morreu e se atualiza em nós. Houve até mesmo, em certa época, entre religiosos, a crença do hábito como o "grande guia para a vida humana". Na repetição se espera por aquilo que se conhece, por aquilo que foi e retornará, garantindo ordem ao mundo — a certeza do sol nascendo todas as manhãs! Entretanto não estamos tratando aqui da Natureza, mas do homem, da sua doença, do seu sofrimento.

Na Ilha, o hábito do "Credo" está na boca dos não cristãos armados e dos cristãos perplexos. Todas as manhãs e noites, religiosamente, os garotos do tráfico trocam de turno. A repetição na mudança da guarda é o equivalente pagão da Liturgia das Horas — uma cerimônia que perpetua, santifica a violência e gera temor aos inimigos do tráfico de drogas. Como novos Templários, dão proteção aos penitentes peregrinos a caminho da boca de fumo — a nova Jerusalém dos adictos. O hábito aqui estranha o conteúdo ético. Nesse caso é uma variante de sentido possível da frase do filósofo dinamarquês — "... a repetição é e permanece sendo transcendência". Eles, em sua dedicação total aos "Amigos dos Amigos", ao "PCC" ou ao "Comando Vermelho", apesar das mortes cotidianas, seguem a ortodoxia, negam a ética dos comuns, mas não negam a fé nas armas e transcendem a outros mundos: "Só os mártires são sem piedade e sem temor".

O hábito é uma segunda natureza... e faz o monge... e organiza o tráfico. Penso nessas questões enquanto entro e saio "das casas simples com cadeiras nas calçadas". Em uma dessas casas, fui indagado sobre o trabalho que faço aqui na Ilha. Era uma pergunta inocente, acompanhada de uma certa displicência na voz, como é comum acontecer quando se trata de um assunto que desconhecemos e para o qual não temos urgência da resposta. A pergunta tratava sobre rotina e cansaço, ou seja, se eu não estaria saturado de ver os mesmos casos de doença, depois de tantos anos de atendimento médico à população. No momento, também displicente, apenas sorri e disse que responderia à maneira dos estudiosos alemães do século XIX — talvez, em vinte ou em quarenta volumes... Com certeza ao se identificar um conjunto de sinais e sintomas é natural associá-lo ao conceito sob o qual ele cai. Essa ocorrência envolve também rotina, repetição — é abstrata e remete a algum sistema de classificação —, que deduzida da experiência clínica se entregou ao pensamento. É semelhante ao trabalho de um programador em computação. Outra situação é a experiência vivida por cada paciente com a doença e a nossa relação com eles. A experiência do que é vivido apela, a quem está atento ao acontecimento, para a diferença do instante, para a sua dessemelhança, na patologia que se repete.

A anamnese não se esgota na rememoração do que é feito sobre a fala e o corpo sofrido do paciente, mas algo mais sutil se impõe sobre o que se vivencia. Reviver o já vivido é a lógica dessa situação, é sempre correspondente à sensibilidade do observador. Para quem está atento, é possível colher pequenas diferenças e ricas variações, como se ouve nas fugas de Bach.

Transbordando do entendimento racional, o ocorrido se espalha por lugares imprevistos, obrigando a mente a reuni-los na memória e na reflexão. Podemos concordar que há uma "potência na repetição"... As crianças sabem — é uma espécie de *kinder* ovo dos sentidos, a embalagem é igual, mas a cada hora uma surpresa diferente...

Em uma interface formal com o paciente, anula-se o sentido do que ocorre. Recusando o paciente como centro de referência, a partir de um horizonte que o excluí, sobrariam apenas dois náufragos estranhos e perdidos — não saberíamos a que porto nos dirigir.

Exigiriam a praia, mas não se esforçariam por remar. Desejando a salvação pelos resultados, se afogariam no processo vivo. "Médico, cura a ti mesmo." É um apelo sempre lembrado e me faz recordar, entretanto, que não é suficiente o auxílio à razão para fazer com que o antigo terapeuta, em seu deserto, passe a caminhar por essa estrada... Dar um salto no abismo em relação a si mesmo, em direção à sua insuficiência e ao paciente assistido é necessário, tanto quanto difícil, mas é por aí que devemos começar — o eterno retorno. Sempre repetido, aponta para a promessa de algum dia se receber tudo novamente e, talvez acumulado, incluindo a própria ausência do que deveria ter sido realizado.

XXXI

Onde se medita sobre a busca da paz na Ilha, na comparação com a solução inglesa, a proposta kantiana, a alternativa dos santos e, finalmente, a recusa dos traficantes em adotar modelos extrínsecos à tradição cultural da periferia.

A paciente completa uma frase sobre os garotos do tráfico: "Eles não incomodam ninguém...". O que argumentar? É possível diante da barbárie dos criminosos, ou da violência da reação militar, algum debate em busca de uma solução? Há uma estratégia para buscar a paz? Aqui governa o tráfico e, psicologicamente, regredimos à condição de déficit cognitivo — há o risco de ser assassinado por ato suspeito, opinião inadequada ou de ser exilado sem direitos políticos em algum outro subúrbio. Nunca tendo vivido uma verdadeira experiência democrática, a paciente acha natural a arbitrariedade do tráfico. Ignora o sentido que possui a natureza de um governo civil democrático — legitimidade, consenso, diálogo. Não estou aqui fazendo alusão à deficiência educacional ou advogando o uso da razão crítica, na crença de uma possível melhoria indefinida e utópica da vida humana. Estou apenas evidenciando um fato da cultura local.

Escrevi "governa o tráfico", pois é o que ocorre. Aqui todos se submetem à vontade de um só... Um déspota, uma corte e seus vassalos. Existe nesta pequena ditadura da periferia uma modalidade feudal, uma autoafirmação pagã, a se impor com o poder do crime. Eles se denominam: "os portadores da ordem". Os conservadores ingleses costumavam dizer — a ordem é preferível à liberdade... mas não estamos em Londres e, se não estou equivocado, a solução inglesa custou o colapso do Parlamento, a morte do rei e uma guerra civil. Enfim, uma grande crise, consequência das profundas e históricas discordâncias, para definir o corpo de regras que devem reger a convivência, entre outras questões.

Apesar de nossa "Commonwealth" também estar situada, geograficamente, em uma Ilha, não se adotou em nossa terra a solução inglesa. Em nossa experiência de "Contrato Social", se optou por recusar ideologias estranhas ao subúrbio, ao fim do mundo, e prosseguir, apesar da intervenção esporádica das forças de segurança do Estado exógeno, com o protocolo do tráfico. A orientação dos traficantes é de recusa a modelos não orgânicos, ou seja, que não estejam suportados por uma tradição cultural própria — as opções históricas de outras sociedades não estão em pauta. Hoje, o novo modelo de gestão — "provisão e custódia de regras gerais de conduta" — encontra-se sedimentado no dia a dia da comunidade, com densa capilaridade na vida dos cidadãos, seja para decisões de alto nível ou até mesmo como mediadora para um desentendimento privado, particular, pois se pode recorrer, e muito se apela, ao tráfico para fins de juízo e pena. O preço a ser pago por resistir a essa nova onda conservadora é a execução sumária, semelhante ao antigo decreto do reino, em nosso período colonial: "Que morra ali!". Porém, diga-se de passagem, respeitando a nossa história, com menor repercussão em perdas humanas do que as provocadas pela Revolução Inglesa, por enquanto...

Para quem foi educado no espírito liberal, tudo isso é muito estranho. A polícia, quando invade as casas dos moradores, pratica também violência, mas a denomina de menor grau, por agir em nome do Estado. Entretanto, o Estado é ausente de ações positivas e somente se apresenta com as forças de repressão. As duas atitudes se confundem ao olhar dos moradores e são percebidas como pertencendo ao mesmo submundo. Em busca da paz perpétua, poderiam os traficantes se aconselhar com o sábio filósofo alemão, Immanuel Kant: "a razão [...] condena absolutamente a guerra como procedimento de direito e torna, ao contrário, o estado de paz um dever imediato, que, porém, não pode ser instituído ou assegurado sem um contrato dos povos entre si...". Entretanto, não se tem livrarias na Ilha e o acesso ao mundo externo pelos traficantes é restrito — até por não circularem fora da jurisdição de suas fronteiras. Com certeza o interesse existe, porém as condições materiais de existência não permitem. Daí que o entendimento racional não floresce e a necessidade e sua filha — o medo — ditam como se deve viver. A vida justa, boa e bela não acontece diante desta crise atual na Ilha, porque, como se sabe, o espírito público, fruto do verdadeiro interesse por um problema comum, só pode nascer do diálogo e do respeito entre as partes. Não havendo nem um nem outro, resta obedecer ao poder de um só. As consequências imediatas, como sabemos, é a violência perpétua contra quem deseja argumentar — o que, efetivamente, nunca ocorre. De onde se segue o adágio: "Cada qual pode falar, mas todos ficam em silêncio".

Sei que os pragmáticos dirão — o importante é obter a paz, o resultado ao final, e não discutir sobre qualquer questão filosófica. Poderia eu suportar essa atitude? Abandonar tudo que penso e me limitar "à paz" das consultas? "Para que servem os dias?" — perguntou o poeta.

Nem os poetas, nem os santos concordariam. São Jerônimo, que foi um homem radical em seu cristianismo, não conseguiu esse feito. Em 386 d.C. abandonou os bens e amigos e se recolheu em uma caverna, desprezando o seu antigo e requintado modo de vida. Esse homem a tudo padeceu... chegou a defender a destruição da alta cultura pagã, desde que salvássemos a Bíblia; mesmo ele, não abandonou sua biblioteca e a levou para a caverna no deserto. Não posso abandonar a reflexão e calar. A necessidade do esclarecimento e da graça do estilo, em mim, também me consome as entranhas, como consumiu o santo: "Então, homem miserável, que eu era, só jejuaria desde que depois pudesse ler Cícero". E não quero ter de suportar, como é feito ao santo, a ironia dos eruditos, sem compaixão, a debochar: "Após dias e noites de remorso, ele cairia de novo e leria Plotino".

Eu, vivendo de maneira também simples e sem a segurança da caverna do santo, neste território ao abandono, volto ao ônibus, meditando sobre a violência na Ilha, sobre a recusa da solução inglesa, e a frase da paciente, que inocentando os garotos do tráfico deu origem à nossa diatribe na periferia. Poderia contra-argumentar? Ou melhor, diante do meu fracasso, buscar por questões mais simples? Falar do que ouvi de uma outra paciente, em depressão grave, de sua tragédia e do seu desespero de mãe? Da morte do seu filho, assassinado por se enamorar de uma moça do local? Não sabia ele que estava violando uma lei? É vedado namorar mulher de traficantes, mesmo as que foram abandonadas por eles.

Quem busca a verdade sobre os acontecimentos? Parece, a quem morre nesta Ilha, importante buscar razões? Na ausência de uma comunidade de direitos, percebo nas pessoas uma não preocupação com esse tipo de problema. Parecem apenas buscar uma justificativa para suas próprias necessidades — continuarem vivas.

Evito assim a tese, cético, reconhecendo não ser conveniente, pelo menos por enquanto, esse esforço racional, pois vejo as crianças sem uma família que as ampare e os adultos sem a garantia de instituições para a existência comum — oportunidade de trabalho e um modo de vida longe do medo. Quanto à paciente que não vê problemas com o tráfico, apenas direi, apesar da discordância, na próxima consulta: "Preservemos nossa amizade…".

XXXII

Onde se encontra um vendedor de empadas, em meio aos tiros e ao apetite voraz dos traficantes, um mendigo esquizofrênico, os fanáticos em política, os seus marqueteiros digitais e o motivo do Brasil de hoje não compreender um filósofo francês.

Saindo do posto de saúde, não tenho o sentimento de buscar o tempo perdido, apenas evidencio — é ele pleno de monotonia, violência e repetição. No ponto de ônibus em frente à antiga delegacia de polícia, os traficantes permanecem de plantão. O vendedor na bicicleta, com empadas e sanduíches, encontra os fregueses — consumidores fiéis. Vão eles, fazendo a roda em torno do cesto salvador, em uma perfeita relação comercial. Lucro certo e satisfação do cliente, pois a maconha aumenta o desejo por carboidratos. Um menino de uns seis anos, descalço, acompanha a mãe com um bebê ao colo — observa quando os traficantes giram as armas e atiram para o alto. Ele se espanta e grita. A mãe apenas resmunga: "Cale a boca!".

O movimento do tráfico tem os predicados do "divertissement" afirmado por Pascal, mas tudo segue em silêncio trágico. Nem mesmo os pacientes hipertensos, que haviam melhorado com os medicamentos, conseguem manter esse ponto de inflexão. Os tiros de alerta lançados pelos garotos do tráfico sobem ao céu junto com a pressão arterial — sempre sensível ao conflito. Tudo volta à anormalidade inicial e me sinto como os sábios, esvaziando os oceanos com uma pequena concha...

Entro no ônibus e da janela vejo as plantas no mangue da Ilha. É preciso ter "olhos de ver" para apreciar ali a mesma flor de lótus da antiga tradição oriental. Penso nas mães e avós desses garotos armados, nos teólogos, na metáfora do pecado original, na filosofia da história de Hegel e nas utopias negadas. Vejo no espelho desses devaneios duas identidades que recusam a dialética — eu, um médico voluntário, e o sofrimento desta população.

No rádio do ônibus, elevando o tom, Luiz Gonzaga canta:

"Minha vida é andar por este país/ Pra ver se um dia descanso feliz/ Guardando as recordações/ Das terras onde passei…"

Na estrada de terra, ao sair da Ilha, um mendigo esquizofrênico passa diligente por nós e quase é atropelado. Claudicante do bom senso, dia a dia, vai indiferente a tudo no seu caminhar compulsivo — faz um ano que levou um tiro na perna, por estar na hora errada e no lugar de alguém. Um enigma? A imaginação recusa o real e se mistura a ele. O fato é, também aqui, que as árvores continuam caindo no meio do mangue… mesmo que ninguém tenha presenciado. Tendo o efeito… "ergo", alguma causa deve ter havido. Ouso tentar o esclarecimento, apesar de ser tarefa vã conduzir aporias e não evitar a morte de ninguém.

Observo ter mencionado o nome de Blaise Pascal. Relembro, hoje, ao acordar, tive um enorme desejo de ler as cartas de Pascal a Fermat. Sim, carta pessoal e, no meu caso, transferível. Desejo estranho, na Ilha e em um país onde não se escrevem mais cartas — foram substituídas pelos marqueteiros digitais e seus robôs, ao abolirem o nosso interlocutor, o "Outro" do discurso.

Suspeito dos meus motivos, dos meus sentimentos e percebo a insistência em nomear Blaise Pascal. Trouxe esses dados da consciência, pois nos últimos encontros com ele tive impressões profundas e agradáveis — um primeiro contato através da teoria da linguagem de Port Royal; um segundo, de ter quase caído sobre o seu túmulo na igreja de Saint Étienne, em Paris; um terceiro, ao encontrá-lo, sentado, fazendo pose, no Louvre. Não é óbvia a associação de Pascal aos fatos da manhã no posto de saúde, apesar de não ser estranho ao manguezal e aos caranguejos o "chiaroscuro" da introspecção barroca do século XVII.

Voltando às causas, me pergunto sobre o místico Pascal, em seu caminhar entre anjos e bestas. Não tenho afinidades com sua "aposta", por ter dado ao jogador a metade de um pessimismo moderno e exótico — um desvio dos antigos medievais, especialmente de Santo Agostinho, a quem ele mais deve. Também não simpatizo com jogadores e, como observou Voltaire, a "argumentação é demasiado frívola para a gravidade do tema". Não importa, tenho por ele e por sua dualidade, por paradoxos, grande afinidade. Caminhemos. Não estava Pascal envolvido ainda, como estou agora, em um ceticismo epistemológico. O que ele considera desespero não me afeta, pois os estudos cosmológicos me retiraram do sono dogmático no qual ele repousou o seu conceito de infinito:

"Quando considero a duração mínima da minha vida, absorvida pela eternidade precedente e seguinte, o espaço diminuto que ocupo, e mesmo o que vejo, abismado na infinita imensidade dos espaços que ignoro e me ignoram, assusto-me e assombro-me de me ver aqui e não lá."

A angústia de Pascal tem como causa o fato dele aceitar que a natureza humana está disposta com os predicados do finito e do infinito, mas sem a sabedoria para agir entre eles. Daí os sentimentos se confundem... O que tem o homem de melhor e intenso não é para o mundo — deve a Deus e para ele se destina. Dispor esse sentir para pessoas faz bem ao nosso narcisismo, mas é um equívoco segundo a tese. Pior ainda é desviar o sentimento para grupos, ou pior, para partidos políticos, fazendo o limitado, o finito, assumir o lugar do que é divino. O infinito desviado para esta criatura pequena e infeliz e suas instituições é apenas amor-próprio e orgulho. O Brasil de hoje detestaria Pascal...

Dessa forma se vai à exaltação dos fanáticos, se amplia a miséria humana, com os violentos, os suicidas, os doutrinadores, os salvadores da pátria, os possuidores de verdades absolutas — aquela massa de infelizes a viver na desmedida, não aceitando os próprios limites e, atualmente, em plenitude nas redes sociais com o "ódio de salvação". Agora, como sabemos, dão culto à morte e se expressam com linguagem mítica, religiosa, pretendendo assumir os atributos e a semiologia do que é sagrado. Solicitam o amor e fidelidade infinita para si mesmos, em grandes manifestações nas ruas. Querem o amor ilimitado, próprio e destinado a Deus, desviado para si mesmos. Não compreendem eles os limites da própria ignorância — finita, graças a Deus...

XXXIII

Onde se calcula o risco de ir ao posto de saúde, de motocicleta, contornando o mangue, e a demonstração científica pela qual Adão e Eva se encontravam imóveis no Paraíso, até o esclarecimento do pecado da imprudência, pelo rigor da cinemática.

Próximo ao viaduto, dentro do ônibus, observo uma "blitz" da polícia militar. Os passageiros estão sendo revistados e, apreensivos, aguardamos a nossa vez. Entrando pela porta da frente, um deles se posiciona com a metralhadora ao lado do motorista. Silêncio... interrompido pela voz de outro policial, que subindo pela porta traseira cumprimenta a todos com a pistola na mão. O primeiro homem a ser revistado é um homem negro. Na dicotomia brasileira atual, uns dirão — racismo. Outros, apenas coincidência, por estar no assento mais próximo. Acostumado a essa rotina e com a tensão dos passageiros pela presença das armas, desço do ônibus, sem ser incomodado. Quem não deve, não teme? Passo entre os carros blindados da patrulha e ouço mais um "bom dia!". Dou meu assentimento à dúvida hiperbólica de Descartes.

Embaixo do viaduto, inicio a espera do ônibus. Dia de consulta na Ilha. Como sempre, ele não cumpre horário e me preocupo com os pacientes. Alguns chegam antes do amanhecer, para serem logo atendidos. Evitam ter problemas com o patrão... no trabalho.

"Tudo muda", como queria o filósofo de uma ilha grega, mas não posso me deslocar e nada passa por aqui... Imbuído de espírito messiânico mantenho a esperança. Ele virá — o ônibus!

Um paciente idoso se aproxima de motocicleta. Gentil, cerimonioso, oferece uma carona até o posto de saúde. Hesito. Não costumo fazer uso desse tipo de transporte, pelos traumas que aprendi a respeitar, quando atuei como médico em serviço de pronto-socorro. Afirma ele saber dirigir com responsabilidade, evitando perigos. No desespero da hora e pelo bem-estar da Nação, digo ao representante do povo local que vou... nesse veículo de duas rodas, feito para cair e já agredido pelo tempo.

No caminho de terra batida, cheio de buracos negros — lama da chuva de ontem —, passamos bem devagar pelos traficantes. Eles nos olham — o mesmo pouco caso com que os fidalgos de "La Mancha" consideravam o Cavalheiro da Triste Figura e seu escudeiro. Não havendo em nosso trânsito pelo local nenhuma ameaça aos "negócios", pudemos seguir em frente.

Sobre rodas, recordo as cicloides formadas pelo movimento contínuo da motocicleta, seus enigmas e exploradores — Pierre de Fermat, Bernoulli, Isaac Newton. A velocidade implica riscos inerentes ao deslocamento não linear. Contrariando Aristóteles, não parece ser da nossa natureza buscar a nossa origem... inquietos e por mudarmos de lugar a todo instante, transformamos o espaço/tempo em um cenário de tragédias. Acidentes são comuns. Sob estresse, divago pelo Paraíso... Antes de pecar, Adão e Eva deveriam estar imóveis ou em movimento retilíneo uniforme, em êxtase contemplativo. Pecou o casal, não por desobediência, mas por se expor ao movimento e variar a posição inicial. Raciocínio, aparentemente, sem propósito, mas extremamente útil, esclarecedor, para prevenir novos atos de imprudência. Partindo da posição inicial, no ponto do ônibus, debaixo do viaduto, alterando continuamente a trajetória na motocicleta, conseguimos alcançar velocidade e seus riscos. Concluo ser essa a primeira coisa a derivar... Assim seguimos com a variação da velocidade, fluindo, até a segunda derivada — a aceleração.

Em desequilíbrio, peço que ele vá mais devagar, não por medo, mas a fim de concluir vivo o aprofundamento na reflexão sobre cinemática. Reflexão simplória, cotidiana para matemáticos, físicos, engenheiros, mas complexa para os leigos sem nádegas e não adaptados ao banco traseiro. Pergunto à minha assustada consciência onde encontrar a terceira derivada e obtenho a resposta, quando a moto, caindo em um buraco, sofre um tranco — a variação da aceleração. O que os leigos chamam de "arranco", solavanco sofrido, e os esclarecidos — o mais puro, natural, exemplo da terceira derivada.

Estrada adentro, fomos tangenciando o mangue e contrito me mantive em oração. Na oportunidade da conversa não teológica do caminho, sou questionado pelo paciente sobre um documento emitido no ano passado. São muitos atendimentos com atestados, receitas, pedidos de exames. Digo não lembrar. Relata o paciente — guia e piloto — o fato. A solicitação feita por mim de um risco cirúrgico para ele; entretanto, passado um ano ainda não foi chamado pelo hospital, aguardando na fila do SUS. Nessas condições, explico, será necessário pedir exames para um novo pré-operatório. Ele, sem se importar em refazer o procedimento, acrescenta: "Se o senhor puder, agradeço, pois a cada dia enxergo menos... o senhor sabe... a catarata é uma doença horrível!!!". E fomos nós até o posto de saúde. Chegada triunfal, porque sem quedas.

Passando pela avaliação da técnica de enfermagem, sou informado da pressão arterial do velho motociclista... muito alta, apesar de medicado. Passando pela consulta consigo esclarecer o motivo — hoje pela manhã comeu um queijo *fake news*, feito de fécula de mandioca, pouco leite e muito sal.

Revendo, agora, os acontecimentos da manhã, aprendo que, por não saber ficar quieto em casa, nós, os médicos voluntários, estamos expostos a grandes males.

XXXIV

Onde se acompanham crianças na rua, no consultório médico, e o desaparecer da "árvore milagrosa que sonhamos", e se faz uma reflexão sobre a natureza dos "anjos caídos" em nossa comunidade, com o auxílio de alguns poetas.

Entrada do posto de saúde — os pacientes aguardam. No portão de acesso, um enorme cadeado abraça a corrente. Faz parte da estranha organização administrativa que os doentes fiquem do lado de fora, estáticos, em pé e na fila, a olhar ao longe o movimento do tráfico de drogas, suas armas e mais quem aparecer. Alguns, mais pragmáticos, trazem um banquinho para sentar. Quatro crianças brincam próximo à enorme fila que se formou. O menor, vestindo ainda o uniforme da escola, com a ajuda da avó, troca de roupa na rua, atrás de uma figueira. Agora, apenas com um simples calção, descalço, brinca de assustar a cachorra e os porquinhos na rua. Rindo, corre em meio à poeira, alheio às preocupações dos seus pais. Prisioneiros, de olho no posto de saúde, não se afastam de seus lugares à espera de quem irá libertá-los — algum funcionário com a chave do portão.

A tragédia é o gênero das crianças deste lugar. Estão felizes agora... Em relação à expectativa das pessoas, tudo é sem esperança e não se acredita em mudanças. As crianças continuam ignorando a todos, só estão atentos à nossa presença quando são obrigadas a tomar vacinas, no consultório — o Termidor infantil.

Vivemos em vários mundos. Somos dessemelhantes — eu, as crianças, as árvores, os pais, as avós, os porquinhos, os traficantes, a polícia. Os seres humanos aqui se esquivam e não convivem bem com a Natureza — uma árvore é uma árvore, é uma árvore... mas não se dispõe a florescer qualquer consciência ecológica. Há, em correspondência, uma indiferença da Natureza com a sorte deste lugar. A mesma indiferença surge no olhar das crianças, quando nos observam. Não percebo nelas um sentimento de angústia, ou mesmo uma tristeza leve, não têm memória do dia de ontem ou do que virá amanhã. Parecem possuir alguma forma de felicidade — incompreensível para nós. Vivem o agora, e como toda criatura fora do tempo, não se importam com o espaço ao redor.

Serão anjos caídos? Não sabemos o que são. Anteriores ao Paraíso perdido de qualquer poeta inglês, recebem o que damos e, sem perguntar, seguem... não olham para trás. Esta plantinha frágil da infância humana, símbolo da felicidade subtraída, desorientou apenas os românticos e aqui não criou raízes: "Árvore milagrosa que sonhamos...".

Nesta Ilha — lugar sem eira nem beira — é difícil imaginar a Natureza em seus primórdios, antes da queda, antes da diáspora, a criar a eterna aliança — ainda perdida para todos nós. Por isso é indecifrável e absurda a pergunta do místico mestre Eckhart: "Por que saímos de casa?". Desconhecido e desnecessário também seria avaliar a resposta dos sábios.

Estou comparando as árvores com as crianças, pois ocorre entre elas a mesma alegoria atribuída às novas gerações — a imagem de um universo contínuo, em perpétua renovação, onde seria "possível escapar à morte e ao destino". A crença sugere uma Natureza paradisíaca e o surgimento de uma criança sagrada — o primeiro homem. Da sua felicidade e "seus dourados pomos" — herdaríamos todos os frutos. Muito longe daqui, em outra Ilha mais ao norte, ainda se pode ouvir a voz desse mito, em William Wordsworth: "a criança é pai do homem".

Desconfiado, em meio à nossa Ilha brasileira, talvez seja mais prudente ouvir, do outro lado da baía, o niilista Machado de Assis: "Não tive filhos, não transmiti a nenhuma criatura o legado da nossa miséria".

Segundo uma antiga crença, as crianças, nessa fase, não são humanas, vivendo no período clássico da "antipiedade"... seriam elas mais próximas dos animais, possuindo "uma cultura muito antiga e ramificada, como a dos gatos, dos peixes e até das cobras".

Aparenta ser de fato uma verdade, pois a violência, o sofrimento, a falta de dinheiro, o desemprego ou a frustração dos adultos não alteram o ritmo do olhar e o movimento dessas pequenas criaturas, em seu ensimesmar e alienação.

Aberto o pórtico das consultas, a criança que perseguia o cão e os porcos, mais os três irmãos e a avó entram no consultório. Agarrado às pernas dela, enquanto o atendo, o menor dos quatro netos canta uma música que aprendeu na escola. Os outros repetem os versos distraídos: "Pó, pó, pó, pó, pó/ A galinha pintadinha/ E o galo carijó/ A galinha usa saia/ E o galo paletó...".

Durante a consulta, a avó diz que o neto chorou muito após a morte recente do avô. Não foi levado, como é o costume, ao enterro. Queria ele ir ao cemitério, obstinado em chegar ao túmulo. Ontem, sendo perseguida pelo pedido insistente do neto, cedeu. Lá ele não chorou. Dando uma volta em torno da lápide, com os olhos frios, procura algum lugar frágil no solo e pede uma faca para cavar — quer retirar o avô do túmulo... levá-lo para casa.

Aguardando o ônibus, após as consultas, debaixo de uma árvore empoeirada, recordo a infância do Ocidente... No último canto da Ilíada, vejo o rei Príamo entrar no acampamento militar grego e suplicar a Aquiles que lhe devolva o filho morto, que o deixe levá-lo para casa:

"Mas a mim sobretudo deixaste dores amargas. Pois ao morrer não estendeste para mim as mãos do leito, nem me disseste uma válida palavra, sobre a qual eu sempre refletiria de noite e de dia enquanto chorava por ti."

XXXV

Onde se vai, através de uma densa floresta negra e sem hermenêutica adequada, em visita domiciliar a uma velha senhora de olhos astutos, na ingênua tentativa de observar "o que se manifesta, mas não se deixa ver...".

Saindo do posto de saúde em visita médica domiciliar, caminho nas estreitas ruas, junto à auxiliar de enfermagem. Na comunidade da Ilha, os idosos com doenças crônicas e grande dificuldade para deambular aguardam nossa visita. São felizes quando possuem uma filha, um irmão ou neta a se preocupar com eles. Retidos no leito e sem os cuidados diários, já estariam mortos.

Próximo às vielas e aos pequenos montes, ainda se encontra uma floresta densa, negra, incrustada de poucas casinhas antigas — muro baixo, quintal, árvores frutíferas e varanda. São elas testemunhas de uma época, onde havia mais trabalho e prosperidade neste mangue abandonado pela História, pelo Estado, pelos eruditos e pelos próprios habitantes. Aqui, com exceção do calor, dos mosquitos e de não haver um sentimento antijudaico, pode-se observar semelhanças com a pequena cidade de Messkirch — região sul da Alemanha —, onde nasceu o filósofo Martin Heidegger.

Há também o predomínio da religião católica, uma mentalidade conservadora e negação à vida agitada, consumista, dos grandes centros urbanos. Essa tradição vai muito rapidamente sendo abandonada pelos atuais descendentes, por não reconhecerem em seus pais e avós um exemplo, um modo de vida a seguir. Além do que, outros os recrutam — o subemprego, os traficantes de drogas e, ultimamente, o desemprego... Rejeitam em seus patriarcas o horizonte de pobreza, ausência de ambição e conformismo:

"... o mundo e seu obscurecimento... e os episódios deste obscurecimento são: a fuga dos deuses, a destruição da terra, a padronização do homem, a preeminência do medíocre... castração do espírito."

Não entendem que a renúncia poderia também evidenciar algo, uma clareira... e não ser pura negatividade. Distante do pensador da floresta negra alemã, não descobriram valor nessa atitude. Não perceberam na erraticidade do caminho o que se conquista quando a tudo se abandona — a simplicidade. Esse entendimento se oculta e se torna vago em todos os momentos, pois nenhum deles fez uma escolha do próprio porvir. Sentem-se, portanto, sem cuidados. Frutos de uma herança que, não sendo interpretada, foi aceita em suas origens e os levou à desconstrução e decadência atual.

No pórtico da primeira casa visitada, uma moça nos encaminha até a sua avó. Hipertensa, diabética, apresenta dor em queimação em região posterior do tórax. Ao exame, a senhora não se queixa e nem me dirige a palavra. Enclausurada em si mesma, indiferente, niilista, se mantém em silêncio e considera a minha presença apenas com o correr de seus olhos pequenos e astutos.

A casa tem pé-direito muito baixo, pouca luminosidade, oriunda das frestas nas telhas, não se distinguindo a cor e a forma pela qual todas as coisas se diferenciam e se apresentam em sua existência.

Afastando discretamente parte da janela, consigo ver o rosto da senhora não sorridente, ao negar, em seu enclausuramento, qualquer possibilidade de encontro. Observo e nela sinto o constrangimento com visitantes do mundo científico. Sem hermenêutica a me dar socorro, em ingênua vivência, tento interpretar "o que se manifesta, mas não se deixa ver...".

Sou informado pela vizinha que da janela acompanha a consulta ter ela construído, sozinha, a casa simples, após a morte do marido alcoólatra. Até recentemente, retirava com puxões rápidos a água do pequeno poço e cortava a própria lenha para cozinhar.

Ao exame físico, com o arsenal semiológico, descubro um rubor em diagonal — sequela recente — em suas costas. Interrogada, revela a neta o sinal — um pequeno acidente no dia anterior com a avó, após um inseto ter caído das telhas e penetrado em sua roupa na altura do pescoço.

Sentada no velho sofá de alto espaldar, a idosa com seus pequenos olhos escuros e astutos continua a me observar sem me doar... a palavra. Não ouso nada perguntar. Há uma gravidade no ambiente, semelhante à sala de necropsia de crianças. Parece querer, em outra linguagem, um outro diálogo, no qual sua experiência mais profunda e apaixonada estaria envolvida. A coluna ereta — postura refreada, avarenta e dramática — traduz o desejo de deferência, a qual devemos ter diante de sacerdotisas... Não ouso compará-la a ninguém, submetê-la às categorias preexistentes, classificá-la, reduzi-la ao já visto da clínica médica, posto não se admitir pelo olhar, trivial, cotidiana, uma avozinha hipertensa e diabética que em nosso imaginário pensaríamos conhecer. Observando meus atos em torno de si, percebo não ser ali um igual, um semelhante, alguém compartilhando seu mundo e preocupações — apenas, reconheço, um estranho na atmosfera da casa, do ambiente místico, severo e disciplinado.

Trazer ou aproximar o pensamento para o nosso encontro não ocorre. Cumprimentar ou se despedir (idêntico nessas condições) não sobrévem no tempo em que sou e penso, pois o que ela é e vive exclui "o afã por novidades", o falatório diário — modo de ser para convivência superficial, alienada e feito para instrumentalizar coisas distantes... do que se encontra velado.

Interrompendo a originalidade e transparência do encontro, a neta, tentando impor hábitos de urbanidade, questiona o silêncio instaurado. Insiste na expressão comum — uma cortesia, algum cumprimento na despedida, ao dizer: "O doutor já está indo, precisa atender outros pacientes...". A idosa sussurra algo. Intrigado e desejando um momento de encontro, voltando meus olhos para os seus, no aguardo de que o meu compreender a encontrasse, ouço, pela primeira vez, sua voz noturna, a desvelar-se na pergunta: "Vai atender os selvagens?".

XXXVI

Onde, ao se atender ao pedido da mãe de um condenado por uma receita médica, se revela a rotina de visita a um presídio, em que doces e salgados têm horário de entrada, e inocentes, como um escritor de Praga, não sabem como recorrer ao auxílio de um santo e seu fio de Ariadne.

Nem sempre posso atender os pacientes. Durante as operações policiais, a violência impede o acesso — ninguém entra, ninguém sai... sem danos. A população reza por mim e me protege ao avisar: "... tiroteios na Ilha". Entretanto, já estou no posto de saúde e ouço os tiros no bairro ao lado. Espero o conflito não se estender até aqui... Exposto "às armas e aos barões assinalados" e, até hoje, sem ter sofrido lesões, penso ter o que a tradição esotérica matemática chama de "corpo algebricamente fechado". Os tiros, quando ocorreram, passaram ao longe e não encontrei (até agora) neste lugar nenhum matemático, entre policiais ou traficantes, que demonstrasse a tese contrária.

A primeira paciente do dia é uma mulher de 50 anos, mãe de um rapaz de 19. A diferença de idade chama atenção — a maioria das mães são apenas quinze anos mais velhas que os filhos. Entrando na sala, pede desculpas. A consulta não é para ela. Solicita uma lista de medicamentos para o filho — ele não está presente. Encontra-se preso, cumpre pena em presídio estadual. Os olhos revelam a vergonha do pedido, porém o desejo de auxiliar o filho é maior. Retira da sacola os remédios, já foram comprados... São medicamentos sintomáticos, analgésicos comuns, anti-histamínicos, antitérmicos e podem ser obtidos nas farmácias sem necessidade de receita, embora algumas farmácias da região não exijam o carimbo médico para a venda, mesmo dos medicamentos "controlados"... Tendo ela já a medicação, estranho o pedido. Esclarece — os remédios não entram no presídio sem receita médica. Alego não poder realizar prescrições para pacientes que não atendi. Ela insiste. Sugiro que leve os medicamentos e o portador entregue ao setor médico do presídio. Ela ri, nervosa... Pelo olhar, devo ter dito algum absurdo. Depois do riso, chora e repete: "Eles não vão aceitar". Afirma ser tudo difícil e complicado na prisão. Foi necessário ter uma autorização para visitá-lo e mais de um mês para conseguir vê-lo... é longe, perigoso... até chegar ao presídio.

Toda semana vai levar comida para o filho — o salgado e o doce. O salgado só tem entrada pela manhã e o doce à tarde. Faço um ar de não ter entendido, ela ignora e diz que o filho não pertence a nenhuma organização criminosa, mas, lá dentro, foi obrigado a se "filiar"... Por ter sido espancado, precisa pagar por proteção. Ela trabalha em casa de família, ganha pouco, passa dificuldades para protegê-lo do pior — caso não pague as despesas no presídio.

Pergunto o que aconteceu. Antes da resposta, a observo mais ansiosa. Apresso-me em imaginar ser ele inocente, a fim de poder tranquilizá-la. Relembro Kafka, ao defender o personagem em *O processo*: "Alguém deve ter difamado Joseph K., pois, numa linda manhã, foi preso sem ter cometido qualquer crime". A vida, entretanto, não imita nem causa o deleite artístico. Respondendo, ainda apreensiva, fala sobre uma festa... da saída junto com um amigo... do encontro com a polícia. O amigo estava armado e havia cocaína na bolsa. Jura pela inocência do filho, apesar do juiz o condenar junto com o outro, por tráfico de drogas.

Ela parece não compreender o acontecido e, tenho a impressão, não compreender o que na cadeia acontece. Ficam, as mães e avós, quando filhos e netos se encontram na prisão, em uma espécie de transe.

Ele estudava e fazia estágio em uma firma no Rio de Janeiro. De repente foi preso. É o que restou. Tudo é noite escura... só um labirinto. Imagino e a sinto estar, na solidão do seu sofrimento, em sua peregrinação semanal ao presídio, muito próxima de um outro peregrino, também no difícil caminho:

"Em uma noite escura/ De amor em vivas ânsias inflamada.../ Sem outra luz nem guia/ Além da que no coração me ardia./ Essa luz me guiava,/ Com mais clareza que a do meio-dia..."

Não há, entretanto, nessa narrativa, nenhum espírito lírico, do qual sou adepto, nenhuma emoção recordada na tranquilidade... Não se ouvem os deuses, nem se avista o crepúsculo. Não há um fio de luz a orientar o viajante. Não há, aqui, uma lanterna para os afogados...

XXXVII

Onde se encontra um cego que provoca uma reflexão, sobre por que devemos estar felizes, por pertencer ao povo mais infeliz de todos os povos da Terra, e nos dispor ao acolhimento dos habitantes da Île de la Cité.

No ônibus em direção à Ilha, um cego pede esmolas. "Qualquer valor já ajuda" — diz ele. Muito pouco é dado, mas muito agradecido parece ficar. Sentando ao meu lado, canta uma música da tradição religiosa. A música não descreve as suas dores, é apenas um lamento doce, na boca de um muezim sem minarete. Recordo Borges, Milton, Homero, Joyce... todos também cegos — neles a cegueira parece ter sido o sofrimento menos importante ou, até mesmo, uma dádiva.

Pergunto ao cego se já nasceu cego. Responde que perdeu a visão aos 17 anos —"descolamento de retina". Imagino na sombra do seu dia a dia se teria ele uma melhor compreensão da palavra de Kieerkegaard: "a fé é um salto no escuro". O sofrimento e miséria em que vejo ele viver parecem tornar cruel, absurda, a suposição.

Não tenho afinidade por sendas solitárias, por qualidades obtidas em monastérios, nem por dramatizar a existência. Quero acreditar, como os antigos pagãos — "o sofrimento é menor quando coletivo...". Também melhor o conhecimento. É uma crença no progresso humano, herdado das Luzes francesas.

No devaneio em que vou, de ônibus pela Ilha, relembro o "peripateticus palatinus", o século XII — Pierre Abélard. Lecionava ele para aqueles muitos estudantes ricos e para os pobres, "sem nenhum domicílio fixo, nenhuma renda eclesiástica, nenhum benefício", em uma grupal aventura dialética. Parecia ali negar a "noite escura", na exposição retórica, no refinamento argumentativo, na alegria comunitária da vida intelectual, sob o luar, próxima à catedral — Notre Dame de Paris.

Por ser do meu agrado a digressão, a analogia, a metáfora, valorizo, principalmente, os atos retóricos quando resultam em diálogo vivo, em comunicação acolhedora, em interação sutil. A ascensão do conhecimento, construído junto aos seus pares, o discurso pela e para a humanidade me deixa feliz, mesmo quando sozinho recordo cenas de um lugar diferente da Ilha, de um lugar que viu E. Levinas dizer: "Eu sou feliz por pertencer ao povo mais infeliz de todos os povos da Terra".

A afirmação evidencia — a verdadeira existência está presente. Nessas horas, minha alma vê o mundo melhor... do que eu. Assim, apesar de ter o dia já programado, sou levado a outras terras, outras vidas, e tenho vontade de mudar de rumo. Nem sempre é o que ocorre, por vezes estou melhor do que o próprio mundo e louvo com a multidão dos poetas a ondulação das coisas vivas...

Aqui na Ilha tenho poucas opções. Não tenho como descer do ônibus e assumir o devaneio, a especulação no meio do caminho. Aqui não existe meio do caminho — é o posto de saúde ou o risco de responder ao enigma: "No momento de morrer, haverá tempo de aprender como deveríamos ter vivido?".

Nenhum médico quer trabalhar neste ambiente. Não somos uma irmandade, uma corporação de dialéticos. O último hipocrático, quando chegou e viu os "garotos" armados, disse: "Nem quero entrar no posto de saúde, desisto do cargo, podem me levar de volta...".

Alguma coisa vai mal em um lugar, quando os sacerdotes de Esculápio fogem do templo... serve à causa e consola o fato de saber que o poeta Dante Alighieri colocou os melhores homens da antiguidade... no Inferno.

Nesta Ilha — os geólogos dizem ser uma falésia —, não semelhante àquela outra em Delfos, e o meu consultório não sendo o templo de Epidauro, recusam-se devaneios de caminhantes solitários, em encantamentos mnemônicos. Na experiência dos habitantes atuais, todos os males nascem do fato de não sabermos ficar a sós dentro de casa... Essa dura verdade, passageira, quero crer, tem retirado toda a sua força do medo

— a grande paixão humana. Alguns homens, como eu e Pierre Abélard, entretanto, temos aversão aos domicílios da verdade final e simpatia pelas viagens intelectuais, por ir além...

Um outro, próximo a mim — Rousseau, juiz de Jean Jacques —, dois anos antes de morrer, também caminhou por uma Ilê de la Cité, de florestas, bosques e perigos. Dividido entre a amargura e a felicidade, afastou-se de todos... Impossibilitado de agir, de fazer o bem, sem que essa ação fosse "uma armadilha sob a qual se esconde algum mal", sofreu uma perseguição mais de si mesmo do que aquela pretendida por seus inimigos. Sem ouvir apelos para uma união com seus contemporâneos, quis ele em sua última e solitária consciência enviar uma advertência a mim, que, solidariamente, agora, caminho junto às agentes comunitárias, como sempre faço há anos, em mais uma visita aos pacientes idosos e acamados. Ouço ele dizer:

"Vi que para fazer o bem com prazer seria preciso agir com liberdade, sem coação, e que para perder toda a doçura de uma boa ação bastaria que ela se tornasse um dever."

XXXVIII

Onde são chamados os habitantes da Ilha que tiveram suas casas e celulares invadidos, as forças policiais e alguns filósofos para elucidar o sentido da "vita contemplativa" e a distinção entre o público e o privado, no território controlado pelos traficantes.

A distinção entre o público e o privado já derrubou muitas árvores para fixar sobre o papel seus filosóficos ou jurídicos argumentos e se acumulam, hoje, na memória dos computadores. Pensadores de várias origens e tendências ainda não chegaram a um consenso, a fim de que os mortais possam repousar em seu esforço de compreensão. Para as forças de segurança a discussão é irrelevante e não exige grandes dotes intelectuais, muito menos refinamento do gosto ou discurso persuasivo.

Aqui na Ilha, a tese se apresenta quando a polícia invade o quintal dos moradores. Ao entrar nas casas, sob a ameaça das armas, sem mandado judicial, se obrigam, também sem distinção de idade, sexo ou cor, a que se abram bolsas, gavetas e outras portas... Empurram-se os armários, retiram-se as tampas dos reservatórios d'água, levantam-se os colchões. Roupas, documentos, eletrodomésticos, panelas e tudo o que for necessário para o esclarecimento, para abrir caminho à pesquisa, são expostos à visita alheia, ao serem espalhados pelo chão. Se os argumentos não forem apresentados e a tese demandar mais alguma interpelação, é exigida a senha do celular, para verificação das mensagens...

Diante da lógica, da estratégia do diálogo policial, se há um traficante no lugar, toda a vizinhança é suspeita. Nada importa ou pode ser um atenuante, e tentar se comportar como inocente merece censura. Dessa forma, com a chegada das forças policiais à residência, alvo das operações, todos próximos ao local se tornam imediatamente cúmplices do tráfico de drogas e do roubo de carga. Passíveis de repressão e na mira dos tiros... A população se desespera, intimamente, e se cala...

O comportamento das forças de segurança impede a reflexão e o aprofundamento sobre o nosso tema. Fica evidente que a pesquisa, o rigor acadêmico, o debate racional, a exposição analítica sobre a distinção entre o público e o privado resta fragilizada nessas condições.

Nas consultas recebo os pacientes... Presentes aos tiroteios dos traficantes, dos policiais... Sofreram agressões de ambos os lados e viram, horrorizados, as chacinas. Falam comigo em voz baixa, sempre olhando para os lados, no consultório fechado. Comportamento estranho ao negar um dos predicados que caracterizam os seres vivos, ou seja, a capacidade de reagir a estímulos... Aqui na Ilha, é considerado reação inadequada e tem como resposta a anulação do metabolismo basal. O passado condena. Não conseguindo obter o fim dos conflitos como algo possível, a população sofre, não participa, não contribui e se anula para o diálogo. É uma espécie de suicídio consentido da própria cidadania, pois obrigam corpos vivos à inércia e ao esquecimento. Será uma morte aparente... Provisória?

Restritos ao silêncio, os moradores exercem o diálogo interior no fogo cruzado dos tiros, mas, diferente dos filósofos, não retornam com perguntas. Dizem ter sido Sócrates quem inaugurou essa tradição de distanciamento e autismo filosófico. Muitos são os relatos... A evidência do transe ao pensar, ao exercer sua "atividade interior". A quem desejava interrompê-lo, se advertia: "Deixai-o! É um hábito seu esse: às vezes retira-se onde quer que se encontre, e fica estático". À pergunta se estava demente ou são, os discípulos afirmavam que conversava, silenciosamente, com seu "daimon". Essa voz nunca o incitou a agir — "... desde que era criança, uma voz impediu-me de fazer coisas...". Assim, no ápice de sua viva reflexão, ele se encontrava hibernante, semelhante à população da Ilha, em morte aparente, em estado de catalepsia.

Em todas as sociedades, o que veio a ser denominado por pensamento reflexivo exige uma ética de recolhimento e isolamento psíquico — o afastamento da vida diária. Nos primórdios da filosofia, abandonar o corpo e se retirar da vida comum era precondição para o bom juízo e o melhor observar. O ato de pensar exige a prática de negar ao corpo a sua agitação, posto que qualquer movimento pode ser fatal na busca do conhecimento... A "vita activa" é prejudicial e incompatível com o ponderar profundo. Apesar das diferenças em ontologia, desde Sócrates até o isolamento de Heidegger na floresta negra alemã, é importante retirar os pensadores da ação e deixá-los livres em "vita contemplativa"... A premissa deve ser mantida, mesmo quando não se acredita no pensamento como o lugar de onde devemos partir para a descoberta do "que se oculta naquilo que se mostra...".

Aquele que exerce o "pensar" — no próprio ato — se transforma, aos olhos ingênuos, em uma espécie de asceta, em um desertor da vida, um combatente inútil e estranho para a sociedade pragmática. Entretanto, o pensador está de acordo com sua própria natureza, em sua condição ideal para refletir na passividade. É difícil, para muitos, compreender que as circunstâncias sociais o confundem, retirando-o do privilégio de olhar a verdade do ser, em seu íntimo. Até mesmo o corpo, em suas exigências fisiológicas, afirmava o antigo sábio grego, mais atrapalha do que auxilia ao esclarecimento. Retirar-se de tudo... é essencial para ir ao "nada", para saber ver sem condicionamentos e comemorar... para isso o necessário retraimento, a penumbra, como se lê na conhecida resposta de Heidegger aos jornalistas no *Der Spigel* — "a luz da publicidade obscurece tudo...".

Talvez seja por esse motivo que — aqui na Ilha —, durante as operações policiais, na busca por iluminar a questão sobre a distinção entre o público e o privado, a imprensa não pode entrar com sua "luz", pois corremos o risco de ver obscurecido o conceito, com sua divulgação. Os policiais, também, acumulam queixas ao carregar os corpos em sacos pretos, sob a alegação de causar lesões por esforço repetitivo e inibir, neles, o distanciamento imprescindível, a pura reflexão — a "vita contemplativa". Acrescente-se, apesar do estímulo policial ao diálogo, a atitude pouco colaborativa dos moradores ao insistirem em se manter silenciosos, negando respostas às perguntas, claras e evidentes, ao entrar em catalepsia nos tiroteios, na sublime tentativa de apreender, em um mundo fora daqui, aquelas verdades e delações de seus "daimons".

Esse debate não parece ter fim e, sem consenso, mais uma vez se mantém como verdade a opinião comum — em filosofia não há problemas mortos e as questões estão sempre abertas a novas interpretações.

XXXIX

Onde se percebe a inadequação do desejo de um poeta francês, ao solicitar pela busca de metáforas e "correspondências" na Ilha, pois nada é como a Musa canta, quando uma criança se recusa a ouvir o pagode paulista e um motorista não quer aguardar a consulta médica.

Os atendimentos no posto de saúde levam a minha alma por lugares estranhos. Diferente do poeta Charles Baudelaire não quero mais traçar correspondências entre realidades — "... Cette vie est um hôpital...". Reconheço o valor da metáfora e deve ser verdadeira em algum lugar, mas não consigo, na Ilha, comparar a nossa realidade a um hospital, onde "cada paciente busca mudar de leito...". Acreditando alguns que ficariam curados olhando pela janela, enquanto outros buscariam se aquecer próximo às lareiras: "Parece-me que estarei sempre bem lá onde não estou, e essa questão de mudança é um assunto que discuto sem cessar com minha alma".

Em minha experiência como clínico, mais crua, e não lírica, percebo que mudar de atitude é a última meta para a maioria dos pacientes. O diabético não quer abandonar os doces, os preguiçosos não querem fazer exercícios, os que sofrem de dislipidemia se desesperam à sugestão de abandonar o churrasco. Assim evito comparações e uso um método diferente para interpretar o real. Ponho os autores da tradição e suas obras, literárias ou filosóficas, em diálogo com a Ilha, com seus habitantes, com as questões que necessitam de nossas respostas...

Difícil diálogo, pois nada é como a Musa canta... Hoje dei consulta a uma criança de 8 anos com quadro clínico de encefalopatia, por hipóxia durante o parto. Entrou no consultório conduzido pela mãe — é rara a presença de algum pai nas consultas. Portador de alteração cognitiva, estrábico, com muita dificuldade de interação e mudanças bruscas de humor. Entretanto, segundo a mãe, de forma atípica, é apaixonado por música. Na cadeira de rodas, segura de forma precária um pequeno aparelho de som e com movimentos repetitivos segue o ritmo. Pergunto a ela por quais ritmos tem ele preferência.

Responde: "Gosta de funk e gospel". Acrescenta, antes de se despedir, ter o menino na semana passada jogado o aparelho no chão, aborrecido, ao perceber a mudança das músicas. Havia ela posto um ritmo novo — um pagode paulista...

Depois, fui surpreendido pelo motorista de um vereador que, agressivo, confundindo o público com o privado, quis ser atendido antes dos outros pacientes e sem estar agendado. As pequenas autoridades, aqui na Ilha, replicam a antiga estória oriental — quando um califa retira uma fruta do terreno de alguém, a comitiva leva a árvore... Obrigado a conversar com ele, pois não respeitava a advertência da técnica de enfermagem para que aguardasse o final do atendimento e não invadisse o consultório, acabei sendo desacatado pelo emissário da discórdia: "Não vou esperar. Vai me atender agora... o vereador me aguarda na assembleia". Diante do impasse, um paciente idoso, sargento aposentado da polícia militar, retira uma arma da cintura e, se aproximando de mim, com voz sussurrante, pergunta: "Doutor, quer que eu mate ele agora... ou depois?".

Peço que guarde a arma e solicito ao motorista paciência — vai demorar. A educação, os bons modos, a forma de falar faz a diferença e, sempre, é restauradora da harmonia...

Com a paz voltando a reinar, aproveito, terminadas as consultas, para refletir sobre os acontecimentos do dia e dialogar com os clássicos. Senão... anoto e levo minha alma a passear em outros lugares, sem pressa, sem estresse, acostumado a ter todo o tempo do mundo, pois o transporte público aqui na Ilha, como se sabe, é caótico. Nesses intervalos de espera, sem tiroteio, exerço o ócio, lendo na rua, no ponto de ônibus, na mercearia local. É uma conquista do espírito, uma experiência de recusa ao isolamento e permite o contato com a tradição — a Paideia clássica e algumas tolices modernas.

XL

Onde se abandona um poeta francês, mas não a poesia e se recorre a dar ouvidos a verdades sobre o valor da arte, às musas que contam mentiras e ao grafite que promete: "alegria...".

Tendo esquecido *As flores do mal*, ao sair atrasado de casa, volto meu olhar sobre a questão da verdade em poesia, no desejo de abandonar as correspondências do poeta francês. Hoje, volto ao passado com a *Teogonia* de Hesíodo nas mãos, atento ao canto das Musas e aos polêmicos versos (27–28): "... sabemos muitas mentiras dizer, semelhantes a coisas autênticas/ E sabemos, quando queremos, dar a ouvir verdades".

Nesses versos do século VIII a.C., parece estar contida a síntese de toda a discussão posterior sobre a verdade e o valor da arte. A ambiguidade de sentido dos versos plantou a semente do tardio conceito de verossimilhança. A ficção protegida pelas Musas auxilia os mortais a melhor se perceberem nos paradoxos. Nessa acepção, muito verdadeiro é afirmar: "as musas contam mentiras...".

Reunindo os fatos narrados, concluo haver males que vêm para o bem. Enquanto o ônibus não chega, posso cultivar os clássicos, sentado na quitanda ou debaixo do viaduto, e desfrutar desse privilégio que sei ser para poucos...

Ao recordar em Hesíodo os mitos gregos, lembrei de uma criança no consultório, do seu amor à música e das Musas. Aqui na Ilha, muitas foram esquecidas — Erato, Polimnia, Calíope, Clio, Terpsícore, Talia e Urânia. Não é que todos tenham perdido a sensibilidade para as artes. Temos, em compensação, um grande amor a Euterpe — Musa da música. Como mencionei, tanto o menino, e não só ele, a cultua como o pessoal do baile "funk", nos fins de semana. Especialmente, o dono do lava-jato, próximo ao posto de saúde, e as igrejas evangélicas — possuem elas uma deferência especial a essa deusa, já que seus templos são minimalistas em expressão pictórica.

O empreendedor de negócios estranhos, manifestante do espírito do capitalismo entre nós — o dono do lava-jato — desde a juventude, com audiometria tonal alterada, tem o hábito de ouvir, em altíssimo volume, um CD de música inglesa. É uma sensação agradável tentar escutar os sons criados pelos locais, dessa outra Ilha (a antiga Albion), mais bem sucedida em Índice de Desenvolvimento Humano. Imaginar um beatlemaníaco neste mangue da periferia brasileira é um prenúncio da aldeia global em que viveremos um dia — espero — com maior justiça social.

A melodia, invadindo o consultório, enquanto prescrevo as receitas para os pacientes do aterro sanitário, aqui chamado de "lixão", pode ser classificada, segundo a estética kantiana, de sublime — "... se queremos, dar a ouvir verdades": "There are places I remember/ All my life, though some have changed/ Some forever, not for better...".

Nesse idílio, ao olhar pela janela, sempre vejo os garotos do tráfico, alegres, fumando maconha, embalados pelo som dos bretões e a proteção das Musas. Não é difícil crer, nesses momentos, na possibilidade da violência, de hoje, se dispor a uma transmutação... Plenitude, paz, beatitude. "Imagine... nothing to kill or die for".

Abraçando um mundo bom, poderíamos viver na sabedoria, agora visível, em grafite, no muro do abandonado posto policial: "quem diria — alegria, a nossa maior vingança".

Porém as Musas, às vezes, muitas mentiras dizem semelhantes a coisas autênticas. Mais fácil acreditar em Hesíodo, se enganando, ao personificar as Musas mencionadas por Homero, e eu, sem interesse, em especial pela poesia, por suas qualidades épicas, líricas, dramáticas. Mais ainda, sem necessidade de uma "theía mania" (loucura divina), reconhecida como inspiração.

Melhor aceitar, nessa terra dessemelhante, que ninguém entendeu a mensagem da Euterpe anglo-saxã, por não ser a língua inglesa tão universal quanto se deseja, pois as poucas letras, diferente do apóstolo, os fizeram delirar... E assim caminha a humanidade: "muito tiro, pouca aula;

pouca aula... mais bandidos". Talvez, melhor crer, semelhante ao vício dos alcoólatras, que valorizo no culto à deusa apenas o seu efeito colateral — o poder de evasão.

Obs.: Para os eruditos, cientes e críticos ao meu esquecimento, por não citar a última das nove musas, respondo: qualquer mãe ou avó, aqui na Ilha, a conhece e a evita, Melpômene — Musa da tragédia.

XLI

Onde, impedido de atender no posto de saúde devido aos tiroteios na Ilha, levo minha alma a procurar estratégias para agir diante de fatos negativos, com um médico de Pérgamo, um filósofo de Salamanca e um poeta moçambicano.

Não consegui entrar na Ilha e atender os pacientes. Pelo celular, ainda embaixo do viaduto, sou informado de mais uma operação policial. Há tiroteios por toda a região e um carro de combate blindado ("Caveirão") ocupa o espaço entre a escola e o posto de saúde — vigília armada. É uma reação à morte de um sargento da polícia militar, assassinado ontem à noite, por traficantes.

No YouTube, alguns dias antes do crime, o governador do estado havia gravado uma mensagem dirigida ao tráfico de drogas: "Não ande com fuzil, se a gente te encontrar, nós vamos te matar...". Os traficantes parecem muito ocupados, e sem tempo de assistir nas redes sociais ao alerta do alto dignitário do estado.

Essa situação se repete como a gota d'água da tortura chinesa e recuso-me mais uma vez a... Mais carros de polícia com sirenes ligadas passam — uma demonstração de força e incompetência para investigar. A pergunta aflora sem resposta: como ter saúde e pacificar a existência neste submundo?

O mesmo mendigo esquizofrênico também passa — imotivado, caminha, continuamente, na estrada de acesso à Ilha. Claudicante, vítima de bala perdida, obtida em operação policial semelhante. Alheio, não ouve o apelo de todos e vai em direção aos tiros, ignorando a flor que nasceu no asfalto e o valor da vida.

Aguardando embaixo do viaduto e sem esperança de alguma solução, desisto de ir ao posto de saúde. O sentimento de revolta e impotência diante dessa realidade traz à minha mente o antigo conselho hipocrático — "médico, cura a ti mesmo". Busco uma estratégia para lidar com fatos negativos e atualizo o conselho: "o que não tem solução... já está resolvido".

No ônibus, tento me convencer de que foi o melhor a fazer: desistir, provisoriamente. Não ando armado, não sei atirar — estou mais acostumado com os conflitos do pensamento. Converso com minha alma — ela não responde. Ser indiferente e não esboçar reação era um comportamento comum à alma de aristocratas e poetas franceses diante do que consideravam vulgar.

Insisto. Ela, insatisfeita, exige que se eleve o nível do diálogo. Exige a introspecção, o autoesclarecimento. Busco apoio na psicologia, na análise. Avalio o meu espanto e o considero, com engenho e arte — não sou o único a sofrer. Abandono o isolamento e aceito ser o sofrimento, sempre, menor quando coletivo. Não nego o acontecimento, nem vou me deixar contaminar pela irracionalidade da raiva. Não manterei dentro de mim a revolta, pois corro o risco de, deprimindo-me, maldizer a existência. Porei fim ao descontentamento — agir e fazer o que deveria ter sido feito desde o início: aceitar o mundo, suas contradições, e voltar para a terapia.

Sensação de mal-estar... Oh! Alma! Nada te agrada!

Ainda no ônibus, a caminho de casa, decido ouvir a opinião de um passageiro — um homem do povo. Ao iniciar a conversa, antes que pudesse apresentar a questão, ansioso, murmura sobre o aumento de assaltos nos ônibus: "Os ladrões, além de roubar, também revistam quem é assaltado e não aceitam mentiras sobre o que temos na bolsa". Questiono, em voz baixa: São eles exemplo de virtudes, mártires da ética? Não admitem, por princípio, a mentira sob qualquer pretexto? Querem que sejamos sempre honestos, independente das consequências? Antes de minha próxima pergunta — serão os ladrões adeptos do fundamentalismo kantiano? — ele desce do ônibus. A solução democrática, ouvir o povo e seu infortúnio, não traz maior luz à questão.

Minha alma recusa desesperar. Aborrecido e com o celular à mão, digito na pesquisa do Google o nome do filósofo que me ensinou a resistir e a quem recorro em dificuldades — Miguel de Unamuno:

"Estais à espera de que vos fale. Conheceis-me bem e sabeis que sou incapaz de permanecer em silêncio... e estou convencido de que resolveríamos muitas coisas se, saindo todos à rua e exibindo à luz do dia as nossas penas, que — talvez se revelassem uma só pena comum — nos puséssemos todos a chorá-las, a dar gritos para o céu e clamar a Deus."

Sugere ele sair à rua aos gritos! Denunciar! Não é prudente na Ilha, desarmado, sair gritando, muito menos acusar qualquer situação.

Minha alma permanece em silêncio. Melhor consultar companheiros de infelicidade, talvez os antigos médicos. Com o celular ainda à mão (não fui, desta vez, assaltado), acesso o pequeno texto de Galeno: "Quell'excellent médecin est aussi philosophe". Amparado pela aliança dos eventos, leio:

"Para exercer com sucesso a arte de curar, é necessário ser versado nas ciências que cultivam os filósofos, e praticar as virtudes pela qual eles nos dão o exemplo, de onde resulta que o verdadeiro médico é ao mesmo tempo filósofo..."

Ao desalento de um médico voluntário, pode ser dado o elixir da felicidade — a cura pela filosofia. Minha avó afirmava: "Pobre quando vê muita esmola desconfia...". Cogito se a filosofia poderia contribuir para o entendimento desta realidade, pois a maioria dos filósofos se preocupam mais em bem formular questões do que fornecer respostas. Aqui, talvez, com Galeno e os médicos se aliando aos adeptos do platonismo, poderíamos transcender.

Interpreto, a partir do texto, o núcleo duro da tese: é este mundo de traficantes, policiais, miséria social e ausência do Estado uma cópia imperfeita da verdadeira sociedade. Após a difícil ascensão dialética, penso:

seria a Ilha um modelo degenerado de alguma sociedade ideal? Questiono se o problema não estaria na origem, no modelo original criado pelo próprio Demiurgo. Parece-me que as condições iniciais são de difícil interpretação e ali estaria a falha... Temos apenas o resultado e não há engenharia reversa ao modelo original. Com olhar de reprovação, minha alma se enfurece ao me ver arrazoar sobre hermenêutica na periferia.

O que fazer? Diante de situação semelhante, lembro um poeta e amigo, no seu confronto diário com a angústia e o mal-estar. Encontrava ele um pouco de tranquilidade levando seu cão raivoso a passear. Talvez os poetas possam nos conduzir por caminhos melhores. Pergunto: "O que me diz, pobre alma?".

Ela sugere que eu suspenda o juízo, emudeça e a deixe sentir... Irá, agora, em busca de alguém com experiência em adversidades. Um dos que habitam em lugares mais tristes, remotos, em "países que têm semelhanças com as analogias da morte". Depois de muito caminhar, além do que seria razoável, encontramos um africano, um poeta de Moçambique, acostumado a sofrimentos de todo tipo. Pergunta ela ao vate: "Diante do caos que vivemos, quando a ira e a tristeza esmagam a sua vida, o que faz você?". "O que melhor sei fazer, excelência... sonhar...".

XLII

Onde, retido com um paciente paraplégico no consultório, sou obrigado a enfrentar as diatribes de um filósofo e o fogo adventício de outros irados, apenas com o arsenal da ciência etimológica.

Ontem, após o atendimento dos pacientes na Ilha, sentei-me sobre um caixote debaixo da lona da mercearia, a fim de me proteger do sol e aguardar o ônibus. Aproveitei para ler o livro de Miguel de Unamuno, que trouxe de casa. Após alguns minutos em paz literária, ouço o som de um helicóptero — as forças policiais. Um pouco antes, os fogos de artifício dos traficantes já alertavam sobre alguma interferência na cosmologia local. Como para bom entendedor meio tiro basta... volto ao posto de saúde com a certeza do conflito armado. Os carros blindados ainda não haviam chegado, nem o "Caveirão" da polícia militar, porém as motos e carros roubados pelo tráfico de drogas já saíam levantando a poeira e o meu desgosto, com a rotina da violência.

Sem liberdade para ficar em paz, nem livre para ir, fico retido junto a um paciente paraplégico, a enfermeira e duas agentes comunitárias, dentro do consultório. Nada a fazer. Como um personagem de conto oriental, só posso pensar, esperar e jejuar. Semelhante a ele, o que melhor sei fazer é esperar — peregrino em busca do ônibus da salvação. No rosto de todos, mais conformismo do que revolta e o necessário silêncio — sinal de deferência, aprendido nas igrejas sob as imagens sagradas e transferido, em presença das armas, ao culto profano do medo.

Sem opção, e com o desejo de apaziguar meu descontentamento com a infelicidade, resolvo continuar a leitura do texto — *Do sentimento trágico da vida*, de Miguel de Unamuno. Tento buscar no filósofo a atitude adequada, pois sei, em situação análoga, diante de fascistas, ele, reitor da

Universidade de Salamanca, enfrentou a desilusão de seu tempo com a fé dos mártires. Leio no texto:

"O fato é que, assim como há verdade lógica, a que se opõe o erro, e verdade moral, a que se opõe a mentira, também há verdade estética ou verossimilhança, a que se opõe o disparate; e verdade religiosa, ou de esperança, a que se sobrepõe à inquietude da desesperança absoluta."

Ignorando o helicóptero e seu barulho temeroso, além dos fogos adventícios, fixo o olhar no livro e não me surpreendo com a esperança que se deve sobrepor à ansiedade, nem com a mentira moral ou com o erro a cair sob o rigor lógico. Estranho apenas a oposição entre beleza e tolice: "também há verdade estética ou verossimilhança, a que se opõe o disparate".

É certo que podemos opor beleza à cotidiana e vulgar feiura, mas não é óbvio relacioná-la ao maldizer, a não ser que o sentido dado à verossimilhança... mais tiros ao lado do posto. Agachado no consultório de parede mais grossa, sou obrigado a interromper, provisoriamente, a leitura e o raciocínio sobre o agrado ou o desagrado a nos afetar o juízo.

A clausura forçada no posto de saúde, em meio à crise de segurança pública, enfraquece o acesso à alta cultura das letras, posto que a visão é o sentido mais necessário à contemplação estética e, infelizmente, aqui, dividida, ocupada com o tiroteio, e não desinteressada, como queria São Tomás de Aquino.

Questiono se a inércia do corpo ao estimular o devaneio, a meditação e a angústia pode também ser instrumento de reflexão estética. Nessas condições desfavoráveis, sou consolado por acreditar ser a beleza manifestação intrínseca à bondade e à verdade — "verum, bonum et pulchrum convertuntur". A compaixão, o deleite filosófico e as demonstrações em matemática são exemplos dessa crença sutil. Revelam ao olhar dos que a elas se dispõem uma ordem superior, misto de proporção e harmonia. Convém, entretanto, não ceder facilmente a essa tentação, nem ao entusiasmo, porque não há consenso... e outras tentações surgem, quando discordâncias radicais surgem entre pensadores mal-humorados: "... é uma futilidade para o filósofo dizer 'o bom e o belo são um' e se acrescenta 'o verdadeiro também', ele deveria ser espancado".

Ameaçado e já com os nervos à flor da pele diante do enigma estético, relembro outros clássicos, na história e filosofia da arte, onde é interrogado se a beleza depende do sujeito que vê ou do objeto afirmado em nossa sensibilidade, ao moldar o gosto. Nada é conclusivo, para o nosso caso, posto que a dicotomia não auxilia a esclarecer o difícil antagonismo entre a beleza e o disparate. Não a encontro acolhida também em nossos contemporâneos, por terem optado pela liberdade do conceito, exaltando a feiura, a crítica social e a perda da aura poética, como justificativa para a existência da arte.

Esforço vão... preso entre quatro paredes, sem verba para pesquisa e biblioteca adequada. Desistindo de avançar além do subúrbio de minhas condições, recuo até a origem desta palavra "belo", em meio ao intervalo dos tiros. Expondo o arsenal da ciência etimológica descubro um dos seus significados entre os antigos gregos. Algo é dito "belo" quando se manifesta em sua "hora" própria, no tempo certo, por reconciliar o espírito com a natureza das próprias coisas, no momento de sua plenitude — ápice de suas potencialidades: "tempo de plantar... tempo de colher". Quando há correspondência perfeita entre as palavras e as coisas, é a ocasião em que o belo evento pode ser apreendido: "adaequatio rei et intellectus". Sob essas condições, não falha a palavra ao receber o fato: "ninguém deitou a mão sobre ele, porque a sua hora ainda não havia chegado".

Acreditando não ter encontrado o sentido expresso pelo filósofo, mas alguma outra coisa, percebo que os tiros cessaram. Abrindo a porta, a enfermeira informa sobre o término do conflito — os blindados passaram pelo posto em retirada.

Com o fim do enfrentamento das armas e ideias, poderei ir para casa, relaxar, comer alguma coisa, narrar a minha estória e dizer em desabafo, talvez, algum disparate, pois não estou vivendo o meu melhor momento, e graças sejam dadas de não haver chegado a minha hora, embora fosse verossímil a sua chegada. Levanto-me lentamente e semelhante ao poeta árabe, discretamente, me oculto atrás da porta para sorrir... Maktub.

XLIII

Onde se discute a prosperidade das igrejas pentecostais, o funk ostentação, a opinião de um teólogo medieval, a queda de Lúcifer e se evita a discussão das novecentas teses de um filósofo neoplatônico, ao se optar por seguir a ironia francesa e o bom senso de um orador romano.

Recebo pelo celular a informação — o posto de saúde, mais uma vez, está fechado. Início de operação policial e conflito armado com os traficantes. Já no ponto de ônibus, sob o viaduto, encontro um paciente, comigo prisioneiro neste cárcere coletivo chamado "comunidade da Ilha". Insatisfeito por não poder ir até o consultório, solicita se posso lhe prescrever a medicação — a farmácia popular não fornece os remédios sem receita atualizada. Agradecendo o atendimento, improvisado na calçada, profere ao se despedir uma expressão característica da profissão de fé dos evangélicos: "Só Jesus na causa!!!".

Aproveitando a frase, observo o fato — na Ilha, quase todos os meus pacientes são adeptos de alguma religião, sendo a maioria de confissão protestante. São elas classificadas pelos admiradores de ontologias regionais como históricas, pentecostais e neopentecostais, mudando de pele na variação do tipo de culto e orientação administrativa. A ênfase em "prosperidade" é uma forte característica das igrejas neopentecostais. São muitas e têm em comum a certeza, entre outros credos, de ser a miséria coisa do demônio: "Agora a vítima é você. Sem crédito na praça, títulos protestados, desemprego, nome no SPC, falência, dívidas, esses são os inimigos da sua vida e estão levando tudo...".

A "teologia da prosperidade" tem como fundamento a crença de que você é pobre, medíocre e malsucedido por falta de fé verdadeira. Por observar as reais condições de existência do povo, tenho em relação à crônica ausência de recursos deste lugar testemunho próprio e não faço qualquer objeção à proposta de enriquecer a nação dos pastores evangélicos, mas gostaria de ver migalhas mais generosas a cair da mesa dos senhores... Apelo também para que os miseráveis fiquem remediados e se abram as portas do céu, apesar deles afirmarem que a Graça é doação divina e não possui mediação humana: "cada um deve responder por si e arcar com o ônus da própria carga".

Por enquanto na Ilha temos apenas, entre pastores e crentes, um desejo ainda não realizado: uma exibição permanente de opulência financeira. Enquanto o maná não cai do céu, somos agraciados por aprendizes em oratória. O orgulho e autoafirmação no culto demonstram, com as devidas restrições, semelhança a este outro fenômeno da periferia, ou seja, a atitude adotada pelo "funk ostentação" dos paulistas. Ao lado de uma irrisão verbal, retóricos do atraso social derramam a cornucópia da palavra rouca em vídeos e apresentações na TV, alimentando os pobres com o leite quente do sucesso, luxúria e adereços "kitsch".

Ignoram todos a teologia sutil, a advertência do beato, filósofo e teólogo escocês John Duns Scotus: "o desejo excessivo de sua própria felicidade foi a causa da queda de Lúcifer". Também se afastam dos patriarcas da Reforma protestante e do seu voluntarismo, por não mencionarem nosso desprestígio e impotência diante da Lei — a predestinação e o pecado original. Parecem, os "funkeiros" e os novos pastores, alheios a discussões e filigranas teológicas, na omissão da escatologia calvinista — mesmo "os eleitos", esquecem eles, apesar de salvos, continuarão pecadores aos olhos de Deus...

O grupo de pastores protestantes em sua diversidade constitui um fenômeno recente neste lugar. A princípio, para os habitantes da Ilha, trocar de culto não foi fruto de escolha racional, ponderada em sutilezas hermenêuticas, nem até mesmo de conversão radical, semelhante a um Lutero, na iluminação da escritura paulina — "o justo vive pela fé". Ninguém execrou, como na Europa, o papa ou prendeu, neste mangue, a inexistente rainha católica. Não se abriram oráculos sibilinos, nem se elaborou, como fez o sábio renascentista Giovanni Pico della Mirandola, a defesa do melhor cristianismo nas novecentas proposições. Cartas não foram enviadas ou em portas nórdicas apareceu fixada alguma tese, crítica à experiência de uma tradição religiosa centenária.

    A igreja de Pedro está presente às margens do mangue. Resiste ainda aqui uma bem pequena, muito longe daquele monte da região noroeste de Roma. Aqui a igrejinha dedicada à Santa é portadora de um catolicismo de feriado religioso e um padre para batizado. Já as pequenas igrejas evangélicas foram chegando devagar, muitas vezes construídas como um anexo à própria residência do pastor. Foram ungidos em missionários, em um diálogo solitário com Deus e se autoafirmaram bispos. Hoje, são, estatisticamente, as igrejas que mais crescem, e os pastores são líderes de seu rebanho, dispersos, mas orgânicos e promotores de solidariedade, em meio à violência e já sendo cooptados, para os bastidores do clientelismo político. Há sempre muitos adeptos sob a promessa de superar o abandono social, por dissolver o sofrimento diário, particular, melhorar a vida e expulsar os malditos demônios. A afinidade pessoal com o pastor ou com os amigos, presentes ao culto, e a proximidade da igreja ao local de moradia consolidam a permanência. O isolamento psíquico, a fragilidade da estrutura familiar, o desemprego, a pobreza são motivos suficientes para se desejar um mundo melhor e a busca por consolação na igreja.

    Não posso discordar de tudo, há lugares onde só eles estendem a mão e confesso que, sem trabalho, sem posses, sem relacionamento, sem estudo, há muitas dificuldades a superar — "viver é perigoso". Assim não é prudente a complexidade — melhor escolher apenas um, o grande inimigo. Conheço esse desafio, pois em época de maior penúria, na tentativa de ultrapassar os limites de minha classe social, reagi esteticamente, aproveitando o tempo livre para ler o *Fausto* de Goethe. Sem forças para lutar, enfraquecida a minha vontade na languidez literária, desisti, como Voltaire na hora da morte, de arrumar mais um inimigo e iniciar o conflito com "o coisa ruim" — prioridade diária tão enfatizada pelos pastores a seu rebanho. Não estou negando o núcleo duro da crença — a fé — ou exibindo afinidade, simpatia, por qualquer Mefistófeles. Apenas discordo em parte e adoto como estratégia a cética suspensão do juízo, em admiração à vida e seu diálogo, no respeito ao livre-arbítrio do anjo infeliz, recusando-me assim a invadir a privacidade de quem quer que seja...

Antes de ser acusado de blasfêmia, por inexperiência herética, quero apresentar um pequeno prólogo destinado à Inquisição futura. Pode ser que, aos olhos dos antigos moradores da Ilha e dos novos historiadores, tenha ocorrido mais do que descrevo. Não estou defendendo tese e a observação é sempre parcial, daí, sob tortura, negarei o que disse e pedirei perdão aos que aqui viveram as virtudes teologais — a fé, a esperança e a caridade — e até mesmo aos que viveram as virtudes pagãs. Por fim, em minha defesa, um "eppur si muove", à moda Galileu, seria também adequado.

Fugindo à interpretação teológica, lembro de um tempo em que os homens buscavam consolo na filosofia. Sêneca escreveu:

"Certas coisas angustiam-nos mais do que há razão para tal, outras angustiam-nos antes que haja razão, outras angustiam-nos sem a mínima razão. Isto é, ou exageramos o nosso sofrimento, ou o sentimos por antecipação, ou apenas o imaginamos."

Não existindo, na Ilha, filósofos, ninguém é consolado pela razão, daí exigir da população local um comportamento racional, sóbrio, moderado e com humor é quase uma impiedade. Aqui "muito riso é sinal de pouco siso", revelando falta de juízo na observação da experiência cotidiana e na evolução da espécie, já que os indivíduos estão entregues à própria sorte.

Desisti, portanto, de estimular nos pacientes uma nova atitude, reflexiva, e assim obter a bem-aventurança dos bem-pensantes. Insistir nessa atitude é conversar com a Esfinge — decifra-me ou devoro-te. Digo isso, porque aqui são gerados paradigmas, leis, verdades. Exemplos e novos paradigmas não faltam... Na consulta a um pescador de 45 anos, muito estressado, observando alteração em sua pressão arterial, comentei sobre os cuidados recomendados pelas diretrizes médicas, necessários à boa saúde. Disse-lhe que o estresse é um fator de risco para hipertensos e, com outros fatores, para acidente vascular cerebral. Na tentativa de reforma íntima, no estilo "autoajuda", acrescentei, ao vê-lo depressivo: "Às vezes, caímos porque há algo lá embaixo que precisamos encontrar".

Obtive à ocasião como resposta não um assentimento, mas um novo enigma: "Doutor, como posso ficar calmo, se todo dia quando saio para trabalhar vejo meu filho de vigia, na boca de fumo, com uma metralhadora nas mãos?".

Quem souber a resposta, envie para o e-mail — "só Jesus na causa@.com".

XLIV

Onde se narra o momento em que, retido entre os tiros de policiais, traficantes e uma promoção de cachorrão + fritas + guaracrack, lembramos de alguns poetas e filósofos em emanações entre o belo e o sublime.

As mesmas moças de vestidos longos, com panfletos anunciando o fim do mundo, e os pastores evangélicos não vieram recolher as ovelhas perdidas, embaixo do viaduto. Hoje, o fim do mundo chegou primeiro — arrastão na estrada principal. São 7h. Tiros em nosso caminho e o olhar assustado dos passageiros que, junto a mim, descem do ônibus em busca de abrigo. As notícias chegam devagar. Os olhares vêm depois em busca de respostas. Alguém passa e diz que estavam assaltando na rodovia; entretanto, apenas dois veículos da polícia, em perseguição... O número de bandidos armados é muito superior e exige uma força militar maior e melhor aparelhada. Nenhum reforço aparece. No mesmo instante, as duas viaturas da polícia passam, fugindo dos traficantes. Alguns policiais a pé apontam assustados as armas em todas as direções. Ninguém sabe onde estão os garotos do tráfico — só sabemos dos tiros. Descendo rápido do ônibus, aguardamos na calçada, atrás do quiosque onde se lê: "Promoção: cachorrão + fritas + guaracrack". Segue o conflito:

"Descer nos vendo, para o ardido bando./ Três de entre eles então nos demandaram,/ Os arcos e arremessos preparando./ Os brados de um de longe nos soaram:/ — Vós, que desceis, dizei a pena vossa;/ De lá falai, ou tiros se disparam!"

Saudades daquele outro tempo, de um outro poeta que, entre a flor e a nossa náusea, anunciava: "Uma flor nasceu na rua!.../ Uma flor ainda desbotada/ ilude a polícia, rompe o asfalto". O último policial a pé, pálido, respirando pela boca e com o olhar do medo, passando por nós, corre em busca de abrigo — "para que tanta perna, meu Deus, pergunto ao meu coração". Cada um por si e o inferno para todos.

Os tiros continuam. Ninguém se mexe. Encurralado no quiosque, trago à memória, como fazia, após algum sofrimento, o Cavaleiro da Triste Figura — recorro ao meu "ordinário remédio" —, atino em pensar sobre alguma passagem dos meus livros, pois o tempo da aflição, sendo longo, exige delicados unguentos e ainda é possível evidenciar: "... estou vivo na luz que baixa e me confunde".

Alguns minutos sem o movimento das armas e o silêncio é estilhaçado pelo motorista. Resmunga otimista: "Acalmou, quem vai?". Ofereço minha alma ao sagrado mangue da eternidade e reconheço agradecido não ter virado mais um número na estatística de mortalidade. Levantando-se da poeira, voltamos ao ônibus. Observando e sendo observados, passamos devagar pelas esquinas, onde os garotos do tráfico esperam de perfil, com o dedo engatilhado, os policiais que se foram.

No posto de saúde, os pacientes me aguardavam desde cedo. Antes de entrar, passo na mercearia ao lado, compro uma garrafa d'água e acompanho com um olhar oblíquo outros traficantes e suas muitas armas. Desligando o rádio de comunicação, ouço um deles, feliz, dizer aos parceiros: "A polícia já foi. Pediram para levar mais pão, vem tomar café com a gente". Com a paz dos cemitérios implantada, nega-se a bela vida; entretanto, a sensação de continuar respirando traz à minha alma o estranho sentimento estético, pois passado o perigo de ser baleado e, em lugar seguro, nossa alma é envolvida pela contemplação de algo vasto, imensurável, sublime, sem propósito... — "uma finalidade sem fim". Após a experiência permanecemos, ainda, impregnados pela lembrança de um terror deleitável, na medida em que, não podendo ser evitado, pode ser apreciado e compreendido por qualquer mortal que se compraz com a água da vida, mesmo em garrafas de plástico. Preenche esse sentimento toda a nossa percepção, mesmo dos que desconhecem teorias em arte, ao ter lançado, a mim e aos outros passageiros, à contemplação acima do reino dos sentidos. É ainda correto afirmar sobre a harmonia que supomos existir em nossa vida cotidiana, sob o terror dos tiros; apreciar, ver, subitamente rompido, o acordo entre a imaginação do que pode ocorrer e o entendimento do que efetivamente ocorre. Todo esse afã, essa ruptura entre a nossa e a natureza da arte, está implícito ao movimento do espírito que se submete às experiências entre traficantes e policiais, apesar da antiga discussão de um conservador inglês e de um filósofo alemão quanto ao sentimento estético ser ou não ser compatível com o temor.

A vida, os acontecimentos neste lugar proporcionam, a quem tem olhos de ver, momentos de grande ilustração e também alegram a minha alma, por saber que, mesmo neste círculo do inferno, há esperança de algum deleite, como sabia aquela mulher condenada —"Questi, chemai da me non fia diviso...".

XLV

Onde, lendo a obra de um escritor argentino, encontramos um francês com sérios problemas de identidade, o que nos obrigou a uma enorme digressão envolvendo a coruja de Minerva, um escritor inglês, o SUS e um sistema de autoajuda que só serve para mim.

Li no quarto volume das obras completas de J. L. Borges uma referência sobre um escritor francês, ainda não traduzido no Brasil. O nome dele é Henri Duvernois. Consegui na internet o livro, editado em 1936, um ano antes da sua morte, cujo título é: *L'Homme qui s'est retrouvé*.

Descreve a estória uma viagem no tempo. Volta ele à sua família, como se fosse um desconhecido e trinta anos mais jovem. É uma trama conhecida e possível com os recursos da ficção científica. Não é o que importa. O interessante é a cena descrita em torno da situação principal — a recepção e as consequências de sua chegada. Vindo do futuro, em relação à sua família no presente, poderia ele beneficiar a todos com informações, inclusive as de natureza econômica. Entretanto, suas ideias são hostilizadas. Todos os parentes o tratam mal, com exceção de sua mãe, apesar de não o reconhecer. Mães são todas iguais, mesmo na ficção... "É produzida a metro..." — diz o povo. O que vale: tem ele o privilégio da observação do que já ocorreu — o eterno retorno. Entre todas as rejeições sofridas, existe uma... a mais difícil de suportar: "Ninguém, contudo, demonstra mais hostilidade que seu antigo eu, que insiste — impiedosa e imbecilmente — em se opor a ele".

Cito o livro, pois encontrei ali narrado o enredo que gostaria de realizar. Voltar à comunidade da Ilha. Quando? Diferente dele, não quero voltar no passado. Desejo o futuro — daqui a cinquenta ou mais anos, para avaliar os acontecimentos e ver se terei a mim mesmo como adversário. Retornarei semelhante à ave da filosofia, que só alça os céus no crepúsculo, depois dos fatos terem ocorrido: "A coruja de Minerva levanta o seu voo apenas quando as sombras da noite se reúnem".

Posso esperar e creio ser uma centúria um tempo adequado, porque durante estes vinte e cinco anos atendendo neste ambulatório médico nada mudou... Não estou dramatizando a existência — apenas trago a evidência. Há também, justificando o relato e afastando o drama, uma diferença entre pensar criticamente e reclamação passiva. Aprendi, desde a infância, com a minha avó, a evitar essa última. A missão era diminuir o estresse e resistir: "Nasci nu e estou vestido, melhorei muito!".

Saber a distinção entre uma e outra atitude é vital. Ver muita infelicidade e ficar omisso é destrutivo para a consciência. Não entender a diferença pode levar ao sentimento de impotência, ao queixume, à "vitimização", à depressão. Pensar criticamente implica agir. É uma necessidade... um pragmatismo a benefício de si e de outros, apesar dos limites impostos pelo ceticismo. Essa atitude é, desde a antiguidade, comum à prática terapêutica. Nós, os médicos, vivemos esta realidade — somos obrigados a agir mesmo diante de patologias das quais não sabemos a etiologia — as causas que permitiriam uma maior racionalidade de meios e condutas. A esse tipo de ato chamamos: "dar suporte de vida" ou "cuidados paliativos".

Realizando uma síntese tropical entre a tradição dos meus antepassados e a cultura adquirida na convivência com os eruditos, percebi várias arestas impedindo a harmonia dos contrários — parece ser intrínseco à natureza dos sistemas de valores serem autocráticos e não permitirem consenso. A difícil acomodação às situações vividas pelos meus pacientes não permite aquele diálogo refinado, bem-humorado — "low profile" —, como se estivéssemos em um restaurante londrino, próximo ao Hyde Park, tomando chá e lendo a vastíssima obra de G. K. Cherterton, a qual "não encerra uma única página que não ofereça uma felicidade".

Na Ilha, atualmente, acompanho no consultório muitos dramas e posso afirmar: se antes havia apenas miséria, agora ela está sobrecarregada de muita violência. Tento não julgar quando ouço as famílias. Não separar o pensar crítico do que é reclamação passiva — uma arte complexa.

Vejo alguém sofrer uma tragédia na família, e muitos se afastarem...; um marido, usuário de drogas, agredir a esposa na frente dos filhos; um pai vítima de um derrame cerebral ser sequestrado da casa da filha (cuidadora), pela irmã que dele nunca cuidou, para receber a aposentadoria; um neto abandonado pelos pais, criado e muito amado pela avó, envolvido com o tráfico de drogas, ser morto pela polícia; uma mulher, com a casa invadida pelos militares, humilhada ao ver tudo que conseguiu com muito esforço ser quebrado e jogado no chão; um comerciante e sua insatisfação ao pagar propina aos policiais e aos bandidos; um neto de cinco anos, desesperado, não aceitando a morte do avô, indo ao cemitério para retirá-lo da cova... A desgraça não tem fim.

Não fico em paz, pois tudo que é humano ainda me interessa... Não há remédio no consultório para essas questões. Como resolver? Ser convergente? Onde buscar apoio? Posso, sofrendo junto, consolar? Tomo o cuidado de não prometer o que não posso cumprir e chamo pela responsabilidade de cada um por estar vivo. Mais difícil, porém, é quando tenho a solução em minhas mãos, mas não posso aplicá-la.

O sistema de saúde público é caótico, ineficiente, desastroso. O nosso SUS é de inspiração inglesa e o Samu, francês. Enquanto colônia não criamos soluções próprias, copiamos as melhores ideias da Metrópole, mas sem ter a estrutura administrativa e os recursos financeiros para realizar o pretendido. Nas difíceis condições em que trabalho, receber e encaminhar um paciente na rede de saúde é demorado, incompatível com o tempo de agravação das patologias. Após ter feito o diagnóstico, solicitar uma biópsia, uma cirurgia, um cateterismo, ou qualquer exame complementar é outra tragédia — a espera é de meses —, rotina de entrega de todos os documentos... a nova consulta. A frase que mais se ouve: "Agora é só aguardar o chamado, pelo telefone". Eles me perguntam: "Quando vão ligar?". Ouço com respeito e indignação, pois cada um sabe o que precisa e sente, mas não há data agendada. Buscar a defensoria pública, às vezes funciona, mas não há essa cultura cidadã na Ilha. A cidadania é frágil. Consultar e pedir auxílio a um político é fazer um acordo eterno com o próprio demônio. Os religiosos costumam dizer que a semeadura é livre, mas a colheita obrigatória... Procurar o responsável na burocracia do Estado é se transformar em personagem literário — Kafka da periferia.

Nessas horas tenho vontade de mudar de leito, nem voltar daqui a cem anos, ir sofrer em outro lugar; em contradição e discordando de mim mesmo, acabo voltando toda semana. O que resta? Condenado por incompetência de meios, sou discreto e sorrio escondido, diante de elogios, por questões já por mim resolvidas e lamento junto àqueles onde o caminho se encontra fechado. Como ocorre naquela antiga lenda, para percorrer esses labirintos, a chave que tenho não serve para a tua porta, porque há portas que foram feitas só para você passar... Daí a proposta de "não dramatizar a existência" ser apenas uma meta, e não um método. O método precisa ser desenvolvido por cada um, não tem uso coletivo e não pode ser apreendido em manuais de "marketing".

Em síntese, consegui criar um sistema de autoajuda que só serve para mim... E é frustrante ver isso ocorrer, principalmente para quem está ao meu lado em busca de soluções que possam ser universalizadas sem contradição.

XLVI

Onde se parte da observação de três pastores, um microfone, uma caixa de som, um livro sagrado, um pandeiro e chegamos a uma discussão envolvendo uma raça de víboras, a vingança recebida dos descontentes, um bêbado russo, o lumpemproletariado, alguns homens extraordinários e uma águia que insiste em não pousar.

Os pastores não se ausentam da missão — divulgar a Palavra. Na espera do ônibus, próximo ao posto de saúde, ouço as vozes dos que clamam no deserto, ao se revezarem no púlpito improvisado, embaixo do viaduto. Se alguém perguntasse: De quantos homens era composto esse exército apocalíptico? Não erraria quem respondesse — três pastores, um microfone, uma caixa de som, um livro sagrado e um pandeiro.

Desarmados e muito menor em número, se comparados aos traficantes, exortam nas manhãs as ovelhas perdidas ao valor do arrependimento. Indiferentes à assinalada urgência, os habitantes da Ilha só sentem pesar por não terem um bom emprego e não poderem morar bem longe daqui. Semelhante à declaração da doleira paulista no inquérito policial, também dizem: "Não adianta se arrepender do que não se pode mudar". Agora aguardam comigo um transporte qualquer, enquanto os garotos do tráfico fumam maconha e, com o olhar sobre os fuzis, soberanos, vigiam o território. Chove muito e o frio piora com o vento, mas para o entendimento dos pecadores, apenas há o temor da água suja, lançada pelos veículos. Saltando para todos os lados, longe do Inferno prometido, nós, os peregrinos, na calçada, fugimos dos respingos da lama muito mais do que nos é anunciado — o risco de cair nas mãos do Adversário, do filho do Cão, do Coisa Ruim... Conclamam os pastores irados: "Raça de víboras, quem vos ensinou a fugir da ira vindoura?".

Um deles, com os braços erguidos e o microfone no volume máximo, assustando os porquinhos no lixo, lembra a todos os classificados na subordem das "serpentes" os tormentos do Julgamento Final. Vociferando e espalhando muitas maldições, como se fosse um blindado desgovernado, apressa a nossa entrada no ônibus, já cheio.

A acusação é arte e a defesa, engenho. Os pastores na tribuna não têm a experiência dos bacharéis, no sofisma, na farsa dramática, de forma que insistem em separar o bem do mal. Em sua ingenuidade não convencem o júri de seus argumentos, porque acreditam que o crime não compensa. Esquecidos da tradição brasileira... Não ser corrupto é trazer escândalo, e acusar o ímpio é condenar a si próprio, como aprendeu em nossa origem o barroco Gregório de Mattos — poeta, advogado, mais tarde juiz de si mesmo, ao denunciar sua Bahia dessemelhante. O degredo em Angola foi a vingança recebida dos descontentes. Sozinho e infeliz quer não mais justiça humana, mas o fim dos tempos: "Acabe o mundo, porque já é preciso,/ Erga-se o morto, deixe a sepultura,/ Porque é chegado o dia do juízo".

O dia do juízo — lugar de contrariedades. Inocentes e culpados, aquém e além dos Pirineus, serão julgados por Deus, pela História, pelos contemporâneos, pela própria consciência. A estratégia de insuflar o medo, trazendo ao coração dos pecadores o estímulo à mudança, ao livramento da condenação eterna, não tem sido eficaz. Parecem, os pastores, não perceber o absurdo lógico contido na proposição — ameaçar punir com o Inferno a quem nele vive... Dessa forma, não se proporciona o bem que se quer, por estar ausente a diferença específica. Não há paz, nem promessa de esclarecimento, nenhuma saída, apenas a multidão dos condenados.

Longe da discussão acadêmica e erudita dos teólogos atuais, o tema, apesar de complexo, já foi em suas linhas gerais equacionado dentro de um bar, pela boca de um bêbado russo:

"Meu senhor — começou quase com solenidade — a pobreza não é um pecado, é a verdade. Sei também que a embriaguez não é nenhuma virtude. Mas a miséria, meu senhor, a miséria... essa sim, essa é pecado."

Para alguns miseráveis, a meta do arrependimento é difícil de ser atingida, por não compreenderem a relação intrínseca entre culpa e responsabilidade. Outros — mais simplórios — alegam, pessimistas, terem sido excluídos da Graça divina. Até para os ateus, mesmo entre eles, o fundamento do conflito se mantém — a dissociação entre vontade e razão. Por convívio ético são obrigados a julgar uns aos outros, e muitos são os motivos de escândalo e reprovação. Ainda que chamem a "vida que se resolveu experimentar" de autonomia da Razão e, como anjos caídos, exijam o direito inalienável de utilizar o próprio discernimento na escolha entre o erro e a busca de felicidade. O fato é que poucos, hoje, fazem um sobrolho pensativo e buscam compreender o sentido dos julgamentos teológicos...

Essa atitude de desprezo pela religião e sua filha mais nova — a teologia — foi vivida por aquela população desvalida em Londres, denominada como lumpemproletariado. Um autor do século XIX havia observado os sinais dessa crise... um mal-estar na civilização. Como nas suítes barrocas, nós, aqui com os nossos pecadores da periferia, fazemos o contraponto tardio, fora do tom e do compasso, ao século XIX inglês. Lá, a presença "dos descendentes degenerados e aventureiros da burguesia" estava lado a lado com "ex-presidiários, escroques, alcaguetes, mendigos, delinquentes, batedores de carteira, jogadores, donos de bordéis, trapeiros e até mesmo os tocadores de realejo"... O que restou? Toda "essa massa informe, difusa e errante que os franceses chamam de *La bohème*"... Continuaram pecadores... mas melhoraram "na vida que resolveram experimentar" e, hoje, é o que os turistas e párias reconhecem como o sumamente bom.

Aqui, na Ilha, a burguesia não existe e talvez nunca vá existir, mas *La bohème* já regrediu para padrões nunca antes imaginados — o sumamente ruim. Agora caminham lado a lado: os torturadores; os justiceiros; os assassinos de aluguel; os milicianos; os grupos de extermínio; os policiais corruptos; os consumidores — financiadores do tráfico; os comerciantes de armas e drogas — nunca presos; o olheiro com seu binóculo, radinho e fuzil; a turma do "bonde" com carros roubados e muita munição, assaltando na estrada; os velhos da "endolação", colhendo as migalhas da mesa do tráfico — enrolam a maconha e dispõem a cocaína nos pequenos sacos; os soldados do tráfico com suas roupas de camuflagem e sandálias; o "divertissement" no paraíso das "novinhas" — o baile "funk"; acrescente-se a estes o dono do morro, o gerente da boca de fumo, o vapor, o armeiro, o fiel, o matuto, o "químico" e atualmente as crianças, portadoras de deficiência mental, atuando como mulas para o tráfico. Todos já foram e serão julgados, ainda uma segunda vez... Tendo sido condenados entre nós, não se importam com o novo julgamento e a perdição prometida pelos pastores.

O tema do pecado e os personagens que descrevo não estão nas redes sociais, na mídia, e quando aparecem são expulsos da sala, descartados pelo desespero dos insensatos: "que morram todos!!!". Desconhecidos e desprezados não fazem parte da vida, "da vida em abundância...", nem mesmo aparecem mais nas manchetes dos jornais suburbanos. Signatários de um projeto fracassado, têm seus nomes dos muros apagados, pela chuva, em grafites de tinta vagabunda: "Saudades de x..."; "Saudades de y...". Apenas mais uma variável-cadáver do que poderia ter sido.

Em ambiente semelhante, Dostoiévski também esteve preso e condenado a nove anos de exílio na Sibéria. Lá ele não recusou o tema, refletiu sobre o pecado, ao construir a tese que poria, mais tarde, em *Crime e castigo*, na boca de Raskólnikov — os homens ordinários e os extraordinários. Os primeiros seguem as normas sociais, cidadãos comuns, submissos, constrangidos pela lei, pelo poder da sociedade em que vivem; os outros, os extraordinários, grandes homens, os quais instauram suas próprias regras e não obedecem às leis, porque criadores de novos caminhos... Esses últimos não sentem culpa, não temem os castigos, as sanções, como foi o caso de César e Napoleão. Têm como característica maior a capacidade de matar, porém sem remorso — recorrente nos homens comuns. Matam sem culpa, por se considerarem "homens superiores", por promoverem feitos "respeitáveis" para a humanidade. Não se submetem a religiões, às leis, aos costumes, são deuses em vida e não se consideram pecadores... "*Vade retro satana/ Numquam suade mihi vana*". Aqui, cotidianamente, vemos na Ilha — traficantes e policiais — muitos que matam, também sem culpa. Assassinam e não se sentem responsáveis, mas, paradoxalmente, não inauguram, não geram eventos novos e extraordinários...

A morte que temos é a morte sem consequências, a morte vulgar, banal, medíocre. Aqui se comportam como homicidas toscos, sem criatividade, apresentando pífia relevância. Não conseguem mudar o curso da História, não inauguram a nova sociedade, na qual pudéssemos identificar um promissor estágio civilizatório. *"Vade retro satana/ Numquam suade mihi vana"*.

Como astronautas do submundo, nos é negado dizer: "Um pequeno passo para o homem... um grande passo para a humanidade...". Frustrados, riscamos na lama, nosso apelo, nossa última mensagem, antes de subir no ônibus, já lotado: "Aqui, Houston... Aqui, Houston... a águia não pousou...".

XLVII

Onde um santo medieval é convocado para explicar a pastores e leigos a pouca importância da retórica, o papel da gramática e a salvação debaixo do viaduto.

Embaixo do viaduto de acesso à estrada da Ilha, ouço os pastores. A igreja protestante tem deslocado alguns dos seus mártires, com microfones e caixas de som. Também estão, nas manhãs, as moças de vestidos longos entregando folhetos — chamadas a salvar as ovelhas desgarradas do rebanho.

A Força Nacional — presente — também deslocou dois carros-patrulha para o mesmo lugar, a fim de prender as ovelhas... Os policiais ficam dentro dos veículos e os fuzis espiam das janelas. Pintores do século XIX exprimiam no olhar das prostitutas essa espera — um vazio ansioso. Aqui não há pintores. A duzentos metros, na mesma rua, os garotos do tráfico também vigiam, mas eles, neste momento de frio, com as armas sobre as pernas, apenas se agasalham e fixam os que passam — um "observatório" dentro de suas toucas-ninja...

As moças de vestidos longos expõem na calçada livros e revistas, e falam com cada um, particularmente. Os pastores falam para o vento, para os ônibus, para todos e para ninguém, sobre o fogo eterno... Eles se revezam na pregação, cantam louvores, tocam pandeiro, marcando o ritmo, na velha tradição medieval. Assinalam a libertação em Jesus — "do peixe que escapou da rede, da malha que se arrebentou...". Falam do arrependimento, das lágrimas, da busca da paz, da glória de Deus, de se afastar do demônio, de "mudar a tua história...".

São pessoas humildes, de simples vestir, de oratória precária, com erros na conjugação dos verbos e emissão dos fonemas, mas com muita convicção no que acreditam, energia na voz, emotivos. Citando São Paulo, recitam os versículos:

"Ainda que eu falasse as línguas dos homens e dos anjos... E ainda que tivesse o dom de profecia, e conhecesse todos os mistérios e toda a ciência, e ainda que tivesse toda fé... e não tivesse amor, nada seria..."

Ainda debaixo do viaduto, onde o lixo se derrama nas calçadas e os porquinhos passeiam tranquilos, relembro Santo Agostinho, em 387 d.C., acostumado a Cícero, Virgílio, Terêncio e aos oradores em Roma, lendo as mesmas Escrituras. Professor de retórica e gramática, crítico à versão vulgar da Septuaginta grega — considerava ele a tradução latina carente de estilo, sem a dignidade dos clássicos, mas percebeu ali e nos olhos de sua mãe o "nume" que mais tarde o levaria a ouvir Ambrósio, a "iluminação interior" e a conversão. Ao envelhecer, já bispo da nascente igreja, na antiga cidade de Hipona, muda de atitude sobre o valor da literatura cristã e, fazendo autocrítica, escreve nas *Confissões*: "... os homens de modo diligente seguem as regras de ortografia, mas desprezam as leis eternas da salvação...".

Acreditando que o conhecimento da verdade é um itinerário espiritual, uma peregrinação pela fé e amor em busca da tranquilidade da alma, nega o passado retórico e a deriva pela gramática, ao aspirar pelo momento último da crença — compreender. Aqui na Ilha, embaixo do viaduto, os pastores não seguem a regra culta, ignoram a sintaxe, a ortoépia, a prosódia, e confirmam a mudança de opinião do santo: "É melhor ser repreendido pelos gramáticos do que não ser compreendido pelo povo".

O ônibus chegou.

XLVIII

Onde se expõe o ensino de uma técnica inovadora de leitura dentro dos ônibus, a contribuição dos médicos antigos para a filosofia e a arte da invenção terapêutica em convencer filhos a aceitar os males da vida.

Em tempos sombrios, melhor conservar viva a memória dos bons momentos, de tempos verossímeis, na leitura... Não sair de casa sem um livro é a meta e o melhor equipamento de proteção individual, apesar da dificuldade em ler de forma contínua e confortável nos ônibus. Na superação desse limite orgânico, desenvolvi uma técnica original — a leitura homeopática. É para ser aplicada somente no transporte público. Basicamente, a técnica consiste em manter a endolinfa em homeostasia, ou seja, rastrear pequenos trechos e, em seguida, aprofundar a reflexão, com os olhos fora do texto.

Criar novas soluções é muito adequado em lugares que apresentam sempre os velhos problemas. Essa forma de ler exige engenho e arte, ao transcender as restrições do corpo físico, com ações calculadas. Demanda o sentido de proporção, a justa medida, semelhante ao desafio de pôr a coleira no leão... Qualquer pequeno movimento a mais... e náuseas ou outros sintomas, desagradáveis, revelam a imperícia.

Sendo o criador e tendo adquirido o domínio da técnica, leio, tranquilamente, a caminho do posto de saúde, um livro sobre a relação entre medicina e filosofia. A obra é de autoria de pesquisadores da Universidade Blaise Pascal, Paris. Diferente das abordagens médicas tradicionais, não se observam médicos desidratados, a beber nas águas da filosofia. Trata-se de uma direção inversa, de rever a contribuição que os médicos fizeram ao longo da história, para o pensamento filosófico.

Uma das teses envolve o conceito de "epoché" (suspensão do juízo), entre os antigos pensadores. Esse conceito não implica aceitar ou recusar teses, mas "pôr entre parênteses" as certezas, as verdades de qualquer origem, evidenciando os limites do conhecimento humano. É uma atitude comum entre os médicos e que auxilia a ampliar o entendimento desse conceito, entre os pensadores estoicos, o ceticismo em filosofia e alguns contemporâneos.

Argumenta-se que os médicos foram obrigados, e ainda são, muitas vezes, a suspender o juízo sobre verdades relativas à saúde dos pacientes, pois precisam agir, mesmo sem ter o conhecimento de causa das patologias. Por consequência, são levados a duvidar dos métodos já estabelecidos, já que o objetivo é dar suporte de vida ao paciente, e não apenas defender teses...

Esse pragmatismo na anamnese, na observação dos dados recolhidos na história dos casos e nos resultados para os pacientes, faz o pensamento em medicina transitar entre experiência e razão, muito antes destas categorias — empirismo e racionalismo — se estabelecerem na historiografia ocidental.

Com esses pensamentos abrindo janelas, vou lendo parcimoniosamente, dentro do ônibus, com o juízo suspenso... Assim sigo pela Ilha, nesta manhã, e não penso no subúrbio longínquo, no manguezal e em sua população esquecida. No Eclesiastes se lê: "nihil novi sub sole" — "nada de novo pelo caminho"; e só o livro novo me favorece o humor: "O desespero não está em cansar-se do sofrimento, mas em cansar-se da alegria".

Alienado na periferia do Rio de Janeiro, com o juízo "entre parênteses", tudo permanece igual. Minha ânsia de mudança, entretanto, deteriora o método erguido pelos estoicos e ocupa a observação do que se apresenta — o sol milenar, inundando a estrada, neste labirinto a céu aberto. Reconheço que sempre estamos ocupados com o mesmo e ocupando um pequeno lugar — frágil item nas estatísticas dos mais baixos índices de desenvolvimento humano.

Os problemas daqui são invisíveis, não frequentam os fóruns de debates, nem os jornais. Nunca foram manchete. As redes sociais estão presentes nos celulares de seus moradores, mas eles não tematizam a si próprios, não se questionam. Os moradores apenas querem mudar de bairro. "Quem pode, já foi..." Pior, ninguém quer trabalhar aqui. Nenhum médico se inscreve — "área de risco". Depois de mim, não sei quem virá... Não deixarei sucessores: "Não tive filhos, não transmiti a nenhuma criatura o legado de nossa miséria...". Essa triste herança, entretanto, é passada de pai para filho, sempre. Nos meus vinte e cinco anos de trabalho voluntário neste lugar, nada posso concluir, felizmente. É uma questão epistemológica — o raciocínio indutivo tem seus limites. Daí me esforço para não considerar com um olhar niilista a vida que ainda resiste aqui. Acredito estar no ponto de interseção entre o que é universal ao sofrimento humano e o que se expressa como particular, próprio, pessoal, nas consultas. Poucas sínteses, é verdade... muitas perdidas nas descrições singulares da miséria e de seus mártires. Não é só uma situação médica, é também um caso para a polícia, para o Estado — um crime contra a população. Descaso, abandono, omissão do serviço público. Por isso, o que faço é também arte de investigação. Levantamento minucioso de indícios, pistas, sinais, enigmas, em busca do fio da meada.

Esse observar contínuo se aproxima daquela condição descrita por G. K. Cherterton sobre a atividade dos policiais e vale, por analogia, para os médicos filósofos, que vivem no limite entre realidades:

"O trabalho do policial filósofo é ao mesmo tempo mais audacioso e mais sutil que o do policial vulgar. Este vai aos becos prender ladrões, nós vamos aos chás de artistas descobrir pessimistas..."

Também vou ao posto de saúde descobrir...

XLIX

Onde analisamos os traficantes durante a pandemia de covid-19, os idosos e seus filhos, que não podem ficar em "home office", uma solicitação do rei de França à Universidade de Paris, os desígnios de Saturno e a atual tragédia em Milão.

Os traficantes da Ilha não estão seguindo as recomendações do Ministério da Saúde — continuam aglomerados próximo às barricadas. Não respeitam a distância proposta de dois metros entre pessoas, não usam álcool gel nas mãos, nem nas armas. Ao nos abordar dentro do carro, como é costumeiro, expõem o rosto de "poucos amigos" e, pior, em interface perdigota, muito próximos na vistoria do veículo. Ignoram a portaria federal de livre trânsito aos médicos, obstruindo, provisoriamente, a minha passagem. A todo momento, esfregam os olhos, coçam o nariz e levam a mão à boca ao tragar o cigarro de maconha.

Penso — o perigo de se contaminarem é grande, pois a transmissão já é comunitária. Talvez acreditem que a pandemia de coronavírus seja apenas, como andam dizendo, "uma fantasia criada pela imprensa alarmista" ou, como querem os conspiradores, plano dos comunistas chineses ou complô dos reptilianos de Plutão, no afã desesperado de acabar com a humanidade terrestre.

De qualquer forma, encontram-se mais relaxados, tranquilos, se compararmos com a tensão da semana passada. São eles especialistas em estratégia e comportamento de risco. Perceberam que a polícia não iria descumprir as determinações preventivas dos epidemiologistas: "Fiquem em casa". Têm a garantia de que nenhum batalhão será mobilizado nesta hora de crise — aglomeração de soldados é alto risco. Os fuzis e metralhadoras agora miram o chão e esquecem a minha cabeça — só restando agradecer, porque já tenho muito com o que me preocupar. Como reina a paz e não são senis, adoecem menos. Não têm comparecido ao posto de saúde em busca de auxílio clínico, e relativamente às patologias cirúrgicas, causadas pelas forças de segurança, sabem aqui não haver recursos.

Já os pacientes idosos vêm ao posto, mesmo tendo sido recomendada a permanência em casa. Precisam de receitas, se queixam de sintomas hipertensivos, de febre, de insuficiência cardíaca, de infecção urinária, de picos de glicemia, de piora das feridas. A lista de sofrimentos não desaparece pelo efeito do coronavírus. A maioria vem sozinha, por não ter quem os apoiem ou porque os filhos, trabalhadores modestos, não foram colocados em "home office".

Vêm a pé, ou de ônibus lotados, não obedecendo às indicações dos gestores públicos. Peço à enfermagem — não deixem eles próximos uns dos outros... façam uma triagem por sintomas. A pobreza é mãe da ignorância e os pacientes parecem não entender a gravidade da pandemia.

Saindo do posto de saúde, no ônibus, de volta para casa, tento imaginar uma situação semelhante, modelo, e que tivesse um efeito didático, preventivo, sobre a população. Leio no celular... No século XIV, durante a peste negra, o rei de França tomou algumas medidas a fim de evitar a transmissão comunitária. Com muito mais otimismo do que os nossos cientistas, o rei solicitou aos doutores da faculdade de medicina da Universidade de Paris um diagnóstico sobre a terrível moléstia. Em resposta, a Universidade produziu um relatório, no qual "a peste negra é atribuída a uma tríplice conjunção de Saturno, Júpiter e Marte em Aquário, ocorrida em 20 de março de 1345...".

Concluíram, portanto, que o "grande maléfico" era Saturno. Como tenho algum conhecimento em astrologia, descarto o exemplo da peste negra... Antes de dizimar um terço da população da Europa, a moléstia já havia ocorrido na Ásia, cujo céu à ocasião encontrava-se, segundo os modernos cálculos, regido por Netuno, evidenciando o erro daqueles doutores de Paris.

Curioso, sem orientação ou diretrizes científicas confiáveis e sem nada para fazer no ônibus, insisto em ler a tese astrológica. Sou informado de ter estado Netuno sob o signo de Aquário entre 1343 e 1357, e isso simbolizava "a dissolução de tudo o que pertence ao mundo de Saturno, ou seja, as estruturas de poder, a hierarquia, a ordem, o senso de limites".

Parece estranho à nossa racionalidade, mas lembro dos livros de sociologia e da velha dialética ao explicar as mudanças históricas com a metáfora da linguagem médica: "todo e qualquer sistema socioeconômico traz em si os germens de sua própria mudança". A peste negra ajudou a fomentar as transformações sociais, em fins da Idade Média. Entre as cidades que menos sofreram, estão aquelas cidades mercantis, onde a nova ordem burguesa já se estabelecia à deriva do sistema feudal:

"Foram as municipalidades de Milão e Nurenberg... que tomaram as medidas preventivas mais eficazes para deter a contaminação, entre as quais o isolamento dos doentes e a adoção de procedimentos para o tratamento do lixo urbano e dos dejetos."

Hoje, em Milão e suas cercanias, Bergamo, a pandemia atingiu as suas mais graves consequências. Nessa mesma Milão fundada pelos celtas, onde Constantino reconheceu o cristianismo e, na primitiva catedral de Santa Maria Maggiore, Agostinho, pela primeira vez na cidade, se surpreende ao ver aquele que o converteria: "... um homem em um aposento, com um livro, sem articular palavra...". Milão, a capital do Império Romano do Ocidente, onde Leonardo da Vinci pintou no refeitório do Convento de Santa Maria Delle Grazie, Napoleão se proclamou rei e Mussolini fundou o partido fascista, ainda hoje é essa venerável Milão, em sua tragédia que me impede de compreender o comportamento suicida, negacionista, dos traficantes durante a pandemia de covid e os desígnios de Saturno.

L

Onde se comparam assaltantes antigos e atuais durante pandemias e se recorre aos Exercícios espirituais de um santo guerreiro, na tentativa de controlar na Ilha as afeições desordenadas.

"Nenhum homem é uma Ilha…" Todos sofrem a angústia da influência, mesmo os que vivem longe dos núcleos urbanos, das manifestações culturais, dos centros de pesquisas, especialmente quando abertos a manifestações sutis… Percorrendo a distante Illiers, Proust encontrou, ao tropeçar nos seus cinco sentidos, as próprias memórias. Na pequena e elevada Assis, Francisco entrou em êxtase. Em Woolsthorpe-by-Colsterworth, Newton desvendou o cálculo, a gravidade, as cores… Aqui no posto de saúde, isolado do mundo, tento compreender a vida, os pacientes, o tráfico, a polícia, a arte, a ciência e a filosofia.

A Ilha é um pequeno lugar, a alguns quilômetros de um grande centro urbano, muito semelhante à distância da aldeia de Manreza a Barcelona. Recordo a aldeia em que Santo Ignácio de Loyola escreveu seu pequeno livro, durante o ano de 1523, pois o tenho à mão. Com a pandemia do coronavírus e as mortes, o sofrimento anuncia a hora das lamentações. Tento manter o equilíbrio, para não adoecer, não cair em tentação, nem falhar ao serviço e por isso tenho meditado sobre os *Exercícios espirituais* — "o moinho para onde todos os jesuítas são atirados" — do santo espanhol.

Estamos enclausurados pela doença e pelos traficantes. A Ilha e o posto de saúde já estavam em estado de calamidade pública e isolamento social, muito antes da pandemia. Hoje, o acesso está ainda mais difícil — aumento das barricadas no meio das ruas e revista sob a mira das armas. Além da falta de recursos humanos, exames complementares, encaminhamento para atendimentos em serviços especializados, entre outros problemas, os pacientes são obrigados a passar pela inspeção do tráfico, para chegar à consulta médica. O fenômeno não é novo, pois uma desgraça nunca vem sozinha e não ocorre uma só vez.

O Rio de Janeiro, informam os historiadores, entre 1928 e 1929, também ficou sob muitas restrições à população, durante o segundo surto de febre amarela. Durante a epidemia, os navios que entravam na Baía de Guanabara eram submetidos a quarentena.

Os passageiros ficavam reclusos em hospitais de isolamento no Rio e em Niterói. Internados, eram submetidos à avaliação do serviço de vigilância epidemiológica, em busca do "indivíduo febril e amarelento que apresentasse vômito negro".

Meu avô, enfermeiro, trabalhava na década de 1920 em um desses hospitais. Não havia barricadas, nem transporte. Descia ele do bonde e caminhava até o hospital. Era um percurso de média distância, destacado e sem moradias. Nas redondezas, diferente da Ilha onde atendo os pacientes, havia apenas um assaltante. Inevitável que fosse ele, um dia, abordado. Surpreendido em sua ida ao trabalho, entrou em diálogo com o ladrão, sob a mira de um pequeno revólver. Argumentou: "Eu estou de plantão toda semana... você pretende me assaltar quantas vezes?". Impactado pelo enigma, veio o meliante a liberar meu avô, de outro assalto e de qualquer violência.

Os traficantes da Ilha, na linha de frente da atual pandemia de coronavírus, não mantêm essa mesma fidalguia. Continuam assaltando na estrada os caminhões de carga e, de fuzil, fiscalizam ostensivamente a passagem de todos pelo mangue. Em conferência, face a face, mudaram de opinião sobre a estratégia epidemiológica. Se, antes, duvidavam das recomendações da OMS, do Imperial College of London, dos estatísticos do MIT e do Ministério da Saúde, agora radicalizam as medidas preventivas. Não é mais admitido apenas o distanciamento social, nem mesmo o isolamento vertical ou horizontal, agora é regime de instituição total. Segundo a tese de um antigo sociólogo, em uma "instituição total" perdemos a nossa identidade civil e psíquica, ao sermos enclausurados. Ninguém entra, ninguém sai e todos se comportam de forma semelhante — a "indiscernibilidade dos idênticos", como pretendia Leibniz.

O acesso à Ilha se faz por estrada de terra batida, junto ao mangue, através de uma pequena ponte; e de acordo com o novo protocolo do tráfico deve se manter fechada, para o melhor controle dos fornecedores e usuários de maconha, cocaína, a fim de não provocar o colapso do sistema. Seguindo o código do consumidor — o cliente tem que ser preservado da transmissão comunitária pelo coronavírus. O lema, copiado da prefeitura de Milão é: "A Ilha não pode parar..." e, para tal fim, só é permitida a passagem daqueles serviços essenciais ao tráfico. Com esse objetivo foi construído, em tempo recorde, não um hospital de campanha, mas um enorme portão com quatro bujões de gás pendurados sobre a ponte, dificultando a entrada da polícia e dos irresponsáveis que circulam pelo local.

As notícias chegam até a minha família e os amigos — exigem eles a minha saída do atendimento no posto de saúde... Estão preocupados não só pela curva exponencial pandêmica em nosso Estado, mas pelo fato do tráfico ter decretado o isolamento total da Ilha. Temendo que eu fique retido, tentam me convencer a não ir. Em resposta, repito o lema do velho homeopata: "Um médico não tem direito de terminar uma refeição, se um paciente o espera, nem de perguntar se é ou longe ou perto...". Um dos mais próximos sugere me denunciar junto às autoridades judiciais — interdição psiquiátrica.

Tento argumentar antes de esconder-me atrás da porta para sorrir... Julgo a mim mesmo — lúcido e orientado no tempo e no espaço sideral... apto a atividades de trabalho. Compreendo a preocupação, evito a polêmica e percebo, pelo pânico criado, que é hora de união, de foco na pandemia, de tranquilizar o espírito, de pacificar a existência. Buscando manter o corpo e a mente em harmonia, apesar do perigo real, longe das preocupações dos familiares e amigos, busco auxílio, para os próximo trinta dias de quarentena, solicitados pelo governo, nos *Exercícios espirituais* de Santo Ignácio de Loyola. (Não optei por consultar Miguel de Cervantes... não seria aqui adequado pensar em ser "desfazedor de agravos e sem-razões...") Sabem os admiradores do santo como se fortalecer diante de adversidades. Afirmam eles, sobre os exercícios espirituais: "os diferentes modos da pessoa se preparar e se dispor para tirar de si todas as afeições desordenadas".

É sobre as "afeições desordenadas", desfazendo agravos, que é preciso velar. Com o livro à frente, sigo os passos... Primeiro — meditar, mas com método e supervisão:

"Aqui é de notar que, na contemplação ou meditação visível... a composição será ver, com a vista da imaginação, o lugar material onde se acha aquilo que quero contemplar."

Onde, diz o santo, devemos fazer uso do método principal — a oração pelos cinco sentidos:

"O método é tanto mais perfeito, quanto mais espirituais forem as coisas sentidas; e quanto maior for o proveito espiritual tirado de cada sentido aplicado..."

Cheio de referências literárias em minha mente, devaneio ao lembrar Proust em *No caminho de Swann* — felizes são aqueles que, nas coisas do mundo, conseguem recuperar a própria memória, o que havia sido perdido... e percebo a distância em que a oração pelos cinco sentidos se encontra da memória involuntária evocada por Proust. Mais ainda de H. Bergson em *Matéria e memória*:

"Para evocar o passado em forma de imagem, é preciso poder abstrair-se da ação presente, é preciso saber dar valor ao inútil, é preciso querer sonhar."

O santo acredita que os *Exercícios espirituais* não estão a serviço da literatura ou da filosofia da desconstrução — são para avançar a consciência sobre si mesma e vencer o "excitar dos afetos", para tal propósito somos advertidos do estado de ânimo que necessita prevalecer. Devemos, reforçando minha crença particular, ser autênticos e não imitar o comportamento de ninguém. Assim, na busca por conhecer o caminho do livramento das afeições desordenadas e vencer a si mesmo, o muito saber pode ser desnecessário ou supérfluo.

Acredito ter o santo, para a jornada do autoconhecimento, o objetivo de não discriminar ou impedir alguém, ao universalizar o método: "... não é o muito saber que sacia e satisfaz a alma, mas o sentir e saborear internamente as coisas".

Com o perfil de um utilitarista, busco o cálculo de como subtrair o agregado dos prazeres ao sofrimento na leitura, no livramento das "afeições". Pensei estar o céu regido pelo mesmo pragmatismo com que o mundo moderno se organiza. Apreensivo, nas fronteiras do meu objetivo, sou levado a fugir das recomendações e, saltando as páginas, quase ao final do livro, leio o tema do "Quinto Exercício": "A meditação do Inferno".

A ansiedade é má conselheira. Lá descubro que é exigido ao iniciante o uso mais profundo da imaginação, a fim de enxergar:

"[...] o comprimento, largura e profundidade do inferno... e ouvir com os ouvidos, os prantos, alaridos, gritos, blasfêmias contra Cristo nosso Senhor e contra todos os seus Santos..." [e] "... com o olfato, inalar o fumo, enxofre, sentina e coisas em putrefacção. E, gostar, com o gosto, coisas amargas, assim como lágrimas, tristeza e o verme da consciência. E tocar, com o tacto, a saber: como os fogos tocam e abrasam as almas..."

Pedindo graças e desejando me libertar do desafio, volto a interrogar a mim mesmo, como um amigo que aconselha a outro — fecho o livro. Percebendo o erro de ler os *Exercícios espirituais* como se fossem um manual de autoajuda, recorro à atitude de São Bernardo diante do inimigo: "... nem o comecei por ti, nem por ti o acabarei". Assim, preservando a humildade necessária e abandonando a vontade imprudente, volto às primeiras recomendações, pois deveria ter considerado serem os "Exercícios Espirituais, matéria mais subtil e demasiado elevada para que a possa compreender", nesta Ilha, sozinho, sem supervisão adequada...

LI

Onde se tenta adiar a primeira versão da realidade ao atender no consultório uma senhora com síndrome rara, confirmar a advertência do profeta na Sura 55 e desvendar por que "a gnose do sensível já é fruição".

Na última sexta-feira, atendi poucas pessoas na Ilha. Choveu e muitos pacientes não puderam vir à consulta. No intervalo do almoço, iniciei a leitura do texto de J. L. Borges — "A penúltima versão da realidade". Nem sempre tenho esses momentos livres e posso, como os anacoretas em suas grutas, meditar sobre a sabedoria alheia — calar e consentir em leituras matutinas. Aqui o sofrimento vem no olhar das pessoas e faz fila, chegando cedinho, na madrugada, pressionado pelas doenças, com sandálias na lama, à espera de atendimento médico no posto de saúde.

Nesse dia, ainda não estava preparado para o que viria a ocorrer — não sei se haveria alguma forma de estar... Segui o poeta no labirinto do "doloroso reino" observando o dia, sabendo que tudo é estranho quando você também é um estranho:

"Dos que lá são o angustioso estado/ Causa a que vês no rosto meu impressa,/ Piedade, medo não, como hás cuidado./ "Vamos: longa a jornada exige pressa"./ Entrou, e eu logo, o círculo primeiro/ Em que o abismo a estreitar-se já começa..."

Uma paciente chega ao posto e a acompanho. Portadora do mal de Alzheimer, apresenta um quadro clínico raro. Ao entardecer, ansiosa, se agita muito e grita por socorro. Na sua versão da realidade, prenuncia o evento — uma síndrome de espanto e terror. Perdeu da memória o conhecimento de que o sol se põe diariamente. Compreende a chegada da noite como escuridão eterna. É preciso fechar as janelas, as cortinas e permitir que uma passagem suave aconteça... Entretanto, considerei a síndrome com um outro olhar — o despertar de uma lembrança arcaica. Um mundo conhecido, algo que a raça terrestre já tenha vivido ou terá de viver, na longa marcha celeste após a morte do Sol. Para mim um enigma, para ela — a hora fatal.

Tudo busca o equilíbrio... de forma que a mesma paciente conversa com os filhos adultos como se ainda fossem crianças. Não reconhece que cresceram e não concede a eles autoridade para tranquilizá-la. Está sozinha na noite escura. Chama pelos filhos em sua doença e quer reuni-los sob a sua proteção.

O dia vai com esses e outros casos difíceis e nenhum grego me socorre com sua ascensão dialética, apenas minha alma, cética, sussurra: "Abandonai toda a esperança, você que aqui entra!".

Saio do posto à espera do ônibus. Penso no risco de vir a este lugar e o desafio de seus enigmas. Na rua, os garotos do tráfico, em um carro roubado, dirigindo em alta velocidade, dão um "cavalo de pau" em frente à padaria. Descem rindo — os quatro com uniforme de camuflagem das forças armadas. O uniforme completo, porém sem botas... Com os pés descalços, confirmam a advertência do Profeta, na Sura 55: "... serão reconhecidos pelas suas marcas e serão agarrados pelos... pés".

Um casal, com a filha pequena, observa apreensivo o movimento das armas. É quase noite, não há poetas amantes de luas românticas — apenas os traficantes e seu arsenal. Fogos são lançados anunciando a entrada da polícia. O ônibus se aproxima e o motorista abre a porta. Pergunta à mãe se a menina tem menos de 5 anos, se vai pular a roleta ou quer entrar pela porta traseira.

Fico imóvel por alguns segundos e penso nesses caminhos que só eu vi. O motorista pergunta se está tudo bem... Sei que não serei compreendido e respondo — sim. Dentro do ônibus, em silêncio, recordo a máxima de pisar na terra com mansidão. Penso nos santos e agradeço a proteção.

De minha paciente, aprendo sobre a hora derradeira... a agir no desespero da noite infinita.

    Chegando ao viaduto, próximo à estrada e com Borges ao lado, tento ler "A penúltima versão da realidade". Cansado, abandono a leitura, por compreender que "a gnose do sensível já é fruição".

LII

Onde, ao acordar com saudades das grandes narrativas, sou obrigado a concordar com um militar francês, falar mal do curso da História na Ilha e discordar dos pós-modernos.

Hoje acordei com saudades das grandes narrativas. Lembrei de Troia e suas portas. Do "elmo flamejante" de Aquiles e sua recusa em entregar o corpo de Heitor ao pai — o rei Príamo. Recordei Alexandre Magno enviando plantas da Pérsia para Aristóteles e o estoico Marco Aurélio escrevendo as *Meditações*, no frio da Panônia.

Na associação de ideias me veio à mente Enéas, não o troiano, mas o cardiologista brasileiro, candidato a presidente, cru e cozido nos trópicos — dizia ele ser impossível pensar no calor. Embaixo deste viaduto quente e poeirento, não tenho como discordar. O calor de janeiro oprime o pensamento e me fez duvidar se as grandes narrativas podem ainda ocorrer. É possível imaginar um novo caminho para o Espírito, na épica da liberdade humana, na dialética do mundo tropical? Poderemos, aqui na Ilha, ver no horizonte da vida política brasileira uma nova Atenas? Da Roma negra sob armas surgirá uma nova Florença no lixão desta Metrópole tropical? Ultrapassaremos as contradições erguidas no labirinto de interesses dos perversos? Napoleão disse: *"Cette vielle Europe m'ennuie"*. Eu sigo — este novo Brasil me dá náuseas.

Ao pensar sua época, o velho Hegel afirmava que o Espírito conhece a si mesmo, quando se observa em sua autonomia — o mundo percebido e apreendido como Razão: "Quando a filosofia chega... é quando a manifestação da vida está prestes a findar".

Reunindo todos os fatos recentes de minha vida cidadã brasileira, nesta Ilha, ao fim da tarde, vejo a vida findar e não construo nenhuma narrativa que mereça História. Como os antigos gregos, sou levado a afirmar: "do nada, nada vem...". Que ensinamentos obtive deste submundo, do lixão secular? A psicanálise solicita o não abandono do trauma, nem recusar o seu sentido e, antes, também os místicos já tinham advertido: "aquilo que não reconhecemos, não nos salva". Entretanto, não me sinto mais consciente, nem superando coisa alguma na liberdade do Espírito, nem de longe participando da fundação de uma nova era ou da consumação racional de um esclarecimento.

Dentro do ônibus, olhando o mangue, apenas posso imaginar — não sendo aqui o real racional — o grande encontro com a flor de lótus da evolução humana, a promessa feita pela arte, pela filosofia e pela religião, pela ciência — a terra do maná, do mel e da geleia de amora...

Até o dia de hoje, continuo apenas com a evidência das "muitas saúvas, da pouca saúde", ao lado dos outros males nesta Ilha brasileira, e não honra, nem eleva, nem consola ser pós-moderno, tentando considerar que não há fatos — só interpretação... "Amor fati" — novamente.

LIII

Onde se observa um trabalhador, adicto, que ganha o pão de cada dia com o suor do rosto da própria mãe, por ter recebido de Deus uma luta que é maior do que suas forças e, em surto, condena o pastor, a mulher do padeiro e um poeta romano.

A mãe acompanha o filho ao posto de saúde. Entrando no consultório, os dois se movimentam como se fossem uma só pessoa. Lembro do dístico atribuído a Hipócrates: "A maior parte das doenças pode ter o seu remédio nas próprias causas de onde tiveram origem". Solicito o cartão do SUS e anoto o nome na planilha de atendimento. Pergunto pelo motivo da consulta. Diz ela estar preocupada devido a uma febre que o deixa indisposto no fim da tarde e "está mais abatido há alguns dias, não querendo se alimentar". Fugindo de pensamentos piores, passa a mão sobre a cabeça do filho e, alegre, declara: "... mas ele sempre foi magrinho".

Descarnado, anêmico, mas satisfeito aos 32 anos por não ter ainda sido cortado o cordão umbilical, vai o filho, que evitando falar repousa o olhar nas paredes do consultório. A mãe fala por ele. Dependente químico, convive com o vício, sem queixas. Não estuda, nem trabalha. Sem a mãe, já estaria morto, ou nas ruas, pois quando esteve melhor não conseguiu arrumar emprego. Caminhando na contramão do que seria natural, evitou entrar para o tráfico e agora... é tarde.

Com alterações cognitivas, alucina, profere, em surtos intermitentes, inconveniências, licenciosidades, paradoxos, alegorias, absurdos e sorri... Desorientado, bipolar — os compromissos perderam os laços com o real. Ganha o pão de cada dia com o suor do rosto da própria mãe, indo à boca de fumo, amiúde, com dinheiro e pequenos objetos roubados de sua casa. Agora — não é mais confiável para os traficantes. Assim escapou do serviço e não pode mais ser arregimentado pelo departamento de recursos humanos da organização criminosa.

Recentemente, os gerentes se tornaram mais exigentes na escolha dos "estagiários" e, mesmo estando na informalidade, não aceitam qualquer um em suas fileiras. São autônomos, liberais e não se sentem na obrigação de cumprir a lei das cotas trabalhistas, impostas pelo Estado.

Pergunto se ela já tentou algum tratamento para o vício. "Tudo! Menos internação!" E acrescenta: "Não tenho coragem... ele não aguentaria". Afirma não saber mais o que fazer e sempre reza e chora e diz: "Deus deu a ele uma luta que é maior do que suas forças...".

O calor na Ilha cai sobre a laje do posto de saúde. Somente na sala de vacinas, o ar-condicionado resiste. Nas outras persiste a "canícula senegalesca", apesar do ventilador de teto.

Pergunto pela febre, do seu início, das circunstâncias. Relata a mãe — estava bem, até ser agredido pelos traficantes. Antes do quadro febril, como de costume, fumava maconha, bebia e cheirava cocaína, quando conseguia algum dinheiro, mas não deixava de ir à igreja — gostava de ouvir os pastores.

Conta a mãe — as circunstâncias do quadro pré-febril. No início de tudo, alegre e bem-disposto, foi até a padaria comprar o pão nosso de cada dia. No caminho, imbuído de missão redentora encontrou o pastor da igreja local e o advertiu que não roubasse o povo de Deus. Não satisfeito em acusar o missionário, em seu afã de inquisidor geral da vida alheia, foi profetizar no pequeno comércio local. Lá, com voz de oficial eclesiástico, ríspido, em surto, exigiu da esposa do padeiro comportamento ético compatível com sua condição de mulher casada. Com a língua solta, proferiu em tom retórico: "Não traia seu marido, mulher adúltera!". Diante da reação de todos, principalmente de quem duvidava, apontando para dois rapazes que, montados em um cavalo, passavam, desferiu, como um novo Quixote, a sentença final: "Quem duvidar, que pergunte ao cavalo!".

Aqui na Ilha, o bom senso é o bem mais distribuído e mesmo quem não tem, considera, pesa, avalia... Revoltado, o marido padeiro foi dar queixa na boca de fumo. Condenado pelo tribunal de exceção do tráfico de drogas, sem oportunidade para recorrer a instâncias superiores ou apresentar qualquer recurso, seguindo a nossa tradição colonial ("Que morra, ali!"), foi surrado com golpes de fuzil no meio da rua.

Seguem os traficantes, com o mesmo denodo e rigor, o instituto do "trânsito em julgado" de nosso Código Civil e Penal, pois assevera a Constituição Federal: "A lei não prejudicará a coisa julgada". Dias depois, teve começo a febre. Tempos sombrios. Por ironia, aqui na Ilha, ainda não foi julgado e condenado ao criticar a venda de indulgências dos novos bispos protestantes...

Em outra época, um monge agostiniano fixou na porta da igreja do castelo de Wittenberg as famosas sentenças que condenavam a simonia dos padres, não foi punido e, até hoje, é exaltado. Foi ainda, ele, o filho, condenado por trazer como testemunha — um cavalo. É claro que tal fato pode ser atribuído ao estado mental de um rapaz sem estudos e sem orientação adequada, porém na região, origem e flor do Lácio, um imperador nomeou seu cavalo cônsul e recrutou os melhores criados para servi-lo, com luxo, pedras preciosas e mantas de cor púrpura, sem que alguém ousasse julgá-lo...

Na Ilha, por criticar a infidelidade da mulher do padeiro, o paciente foi espancado a céu aberto com golpes de fuzil. Em dias melhores, Caio Valério Catulo (87 a.C.) assim se referiu ao marido de sua amante:

"Lesbía, diante do marido, fala muito mal de mim./ Isto para aquele imbecil é o máximo prazer./ Estúpido, não percebe nada./ Se ela esquecida de mim se calasse, estaria curada;/ agora como está a ganir e a maldizer-me,/ não só se lembra de mim,/ mas, o que é muito mais excitante,/ está irritada, isto é, se abrasa e arde de amor."

Diferente do que se observa nas reações dos habitantes de nossa Ilha, onde o espírito liberal nos costumes e estrofes amorosas ainda não floresceu, todos, e mais ainda o poeta romano Catulo, foi e, ainda hoje, é aplaudido, em seus dísticos elegíacos, em poemas de requintada composição. Diferente daqui, Catulo nunca sofreu censura por revelar segredos de alcova, ao compor odes ao adultério, à frustração amorosa ou por mencionar outros surtos românticos.

LIV

Onde se buscam, em meio aos devaneios de um filósofo dinamarquês, as causas dos atuais assaltantes atirarem, mesmo em quem submisso entrega o que possui, junto ao esclarecimento do profundo desejo pelo qual todos querem atirar neles.

Passando pela banca de jornal, próximo ao posto de saúde, observo, além das mesmas notícias expostas, doces, chaveiros, brinquedos, cortadores de unhas, sorvetes, biscoitos, água, isqueiros, refrigerantes, salgados. Com a expansão das mídias digitais e a queda na compra dos impressos, os donos das bancas resolveram improvisar e tudo está à venda. Os jornais e revistas se tornaram apenas um apêndice desses novos quiosques. Não há mais a presença daqueles fregueses fiéis, diuturnos, a se aglomerar sobre as notícias dos jornais. Fiel, apenas um cachorro sujo, deitado na calçada, e eu, no encontro da última tragédia — na manchete, a foto de um pastor assassinado no dia de ontem. Voltava ele com a família do culto, quando foi abordado por dois motociclistas. Um deles, após o assalto, sem que o pastor houvesse esboçado qualquer resistência, atirou em seu tórax.

Assassinatos nesta região são comuns. Policiais e traficantes se matam diariamente e, vez por outra, pessoas inocentes são atingidas pelas balas dos fuzis. A diferença neste caso é a aparente ausência de motivação no excesso de violência.

Ainda no caminho, chegando ao posto de saúde, em contraste, recordo a frase inscrita no pórtico do oráculo de Delfos: "Nada em excesso". Na Ilha não temos pórticos, mas os grafites estão nos muros, discretos... Bem expostas, apenas as muitas barricadas, pelos traficantes erguidas nas ruas. Existem de vários tipos, para todos os gostos. Algumas, mais em moda, possuem duas enormes barras de ferro, uma de cada lado da rua, envolvidas por galões de óleo cheios de cimento, encimados por pneus. Falta apenas o arco e a frase, consagrando o abuso de poder: "Propriedade particular. Entrada proibida" — é o lema da prudência grega substituído pelo Leviatã do tráfico de drogas, em seu monopólio da violência.

Chegando ao consultório, entra o primeiro paciente. Acometido por um acidente vascular cerebral, precisa de ajuda da filha para caminhar. A moça se desculpa por não ter trazido o pai na consulta anterior — tiroteio e confusão na estrada. Afirma — agora os "garotos" saem de moto e, longe daqui, assaltam trabalhadores no ponto de ônibus. "O absurdo" — diz ela — "é que estão atirando nas pessoas após o roubo, mesmo em quem entrega o que tem e não reage, sem nenhum motivo...".

A sincronicidade dos eventos é um fato. Dizem os místicos: "Nada acontece por acaso". Recorro a eles em busca de alguma explicação. Nenhuma voz me socorre. A falta de interface também é um fato. Busco os sociólogos, os pesquisadores do laboratório da violência. Ainda não ousaram apresentar um relatório conclusivo. A classificação, atualmente usada, não contempla esse tipo de crime. Há estatísticas sobre mortes violentas intencionais; crimes violentos não letais contra a pessoa; e crimes violentos contra o patrimônio. Buscar as causas, o porquê de se matar aleatoriamente, não faz parte do protocolo da instituição. Podemos especular — um ato de tensão e desespero do tráfico de drogas? Revolta diante da crise econômica — mercado de armas flutuando com a cotação do dólar e queda dos lucros? Tentativa de desmoralizar a polícia... vingança contra o aumento do valor das propinas? Desdobramento reativo, sádico, dos traficantes por viverem em exclusão social? Ausência de repressão? Vontade de poder? Talvez, tudo junto e misturado ou, segundo alguns, mais pessimistas, o que Durkheim chamou de anomia.

Não sabemos, porém sabemos menos ainda quando se trata de compreender a motivação psicológica, individual, para atirar nas pessoas, mesmo naquelas que pacificamente entregam os seus bens e não reagem às agressões. Sem compreender o novo comportamento do tráfico, apesar de observar uma mudança, mesmo que pequena, em um lugar sem mudanças, busco o entendimento no homem, em sua subjetividade, lá onde ele mesmo não se reconhece — no seu sofrimento: "Desespera portanto, e o seu desespero consiste em não querer ser ele próprio".

Busco auxílio no filósofo Soren Kieerkegaard, nos seus fragmentos de vida. Pouco esclarecedor sobre os fatos sociais, mas profundo em explorar a nossa miséria psíquica. Percebeu ele — o homem é um problema para si mesmo. Conhecendo a sua natureza profunda, observando-o, afirma o filósofo dinamarquês:

"[...] não há ninguém... que não tenha lá no fundo uma inquietação, uma perturbação, uma desarmonia, um receio de não se sabe o quê de desconhecido ou que ele nem ousa conhecer..."

Disponível apenas para si mesmo, o homem, "o que aceita tudo, o canalha...", egoísta, omite as possibilidades de crueldade de que é mensageiro. Pensando poder se ausentar desta dimensão, ao valorizar o condicionamento ético, a linguagem superficial dos "bons modos", repete mecanicamente o que a sociedade o faz dizer, como uma máquina programada. Acredita ter conquistado o controle sobre si mesmo, negligenciando o esforço verdadeiro... Cego, obcecado em seu orgulho, impedido de autoexame, nega ser o portador de uma existência própria, de uma aventura desconhecida: "Assim, o que ele faz não depende do que ele compreende, mas do que ele quer, ou seja, do que ele escolhe".

Pior ainda, por ser essa escolha regida pelo critério do medo, não sendo, portanto, uma opção refletida, uma justa medida: "O homem, em estado de desespero, verifica que se desespera não de fatos contingentes, mas de si mesmo".

Isolado e sensível a qualquer coisa passageira, sem destino possível, em seu horizonte de homem comum, entregue ao acaso em uma sociedade doente, preso ao seu temor, escolhe apenas reagir e violentar. O absurdo dessa conduta é compatível com a vontade de poder, adquirida na crença de ter e ser o que quiser no amor a si mesmo. Enganado pelo próprio desejo de liberdade, na ilusão de excluir e eliminar a presença dos outros em sua vida, constrói uma existência encarcerada, particular, privada.

Não pensem que estou rastreando hipócritas, decifrando a mente de criminosos, de delinquentes sem princípios ou de seres desumanos. Escrevo sobre todos nós... seguindo Kieerkegaard. Confesso a mim mesmo, às nossas próprias possibilidades humanas e tenho a sanidade de admitir que essa violência, assim como "a fé e o bom senso nos podem nascer tão naturalmente como os dentes, a barba e o resto". A maior ironia, entretanto, foi acreditar que, em nossa alienação, teríamos cedido toda a violência ao Estado, na origem do mito do Contrato Social e, com o surgimento de um novo modo de produção, criaríamos um homem mais fraterno e cordial... Freud escreveu que o homem já era violento, antes mesmo da propriedade privada e das instituições por ela derivadas. "O que fazer?" Não sabemos onde o ponto de inflexão irá ocorrer...

Hoje, ao ver todos exigirem justiça, não há como não enxergar o desejo de vingança que a acompanha, por acréscimo... Há muito mais dessa violência e encontra-se guardada em nosso íntimo, para uso privado, algo só nosso, particular...

Deduzo dessas leituras, na análise do desespero humano, o motivo pelo qual não só os criminosos estão, sem motivos, atirando nas pessoas, mas também, por extensão, o desejo profundo pelo qual todos queremos atirar neles.

LV

Onde, ao ser impedido, mais uma vez, de atender os pacientes na Ilha, durante a pandemia de covid-19, buscamos identificar as boas coisas que o isolamento social poderia trazer e fazemos apelo ao diálogo com motoristas e pessoas das montanhas mais distantes.

A repressão policial ao tráfico de drogas na Ilha, ontem, usou uma estratégia diferente. Habituados à intervenção por terra, através da pequena ponte que a liga ao continente, os traficantes foram surpreendidos pelos barcos dos policiais. Semelhante ao protocolo das forças armadas, as barricadas estão posicionadas em intervalos ardilosos e só permitem a passagem de um carro, pequeno, por vez. Construídas com galões de óleo diesel, enterrados nas ruas principais, encimadas por pneus, pedra, cimento e uma enorme barra de ferro em seu interior. Ainda é necessário, para que o motorista prossiga, sair do veículo e remover um outro obstáculo, isolado, disposto em um buraco, no meio da rua — o mastro da vitória...

Obviamente, depois de removida a barra de ferro, para a passagem, tem o motorista que devolvê-la ao lugar original, até porque cinquenta metros à frente os traficantes armados observam a obediência ao protocolo, com o fuzil apontado em direção às nossas cabeças...

Os ônibus acessam e nos conduzem à Ilha, mas são poucos e, agora, mais raros se tornam. Não podendo ultrapassar as barricadas, circundam o mangue, em um caminho de terra batida e mais tortuoso. Aguardando há quase uma hora debaixo do viaduto, os pacientes me avisam sobre a operação policial. Mais uma vez sou impedido de chegar ao posto de saúde e questiono a inércia a que sempre estou submetido. Em situação semelhante um revolucionário perguntou: "O que fazer?". Aqui, somos constrangidos à autoanálise — "quem sou eu na fila do pão?".

Sem ter o que fazer e acessando as notícias pelo celular, leio sobre a pandemia do coronavírus. Estamos juntos no sofrimento... Percebo o fundamento da afirmação — "vivemos em uma aldeia global". Sim, o medo nos uniu. O medo — essa grande paixão coletiva. Não conseguiram as restrições das alfândegas, os muros e portos fechados nos separar. Hoje não há fronteiras e somos apenas uma só nação — chineses, australianos, italianos, canadenses, coreanos, espanhóis, uruguaios, brasileiros... — unidos pelo temor. Agora sabemos. O fenômeno não é novo, mas atualiza o nosso mal-estar.

"Algo de bom a recuperar?", pergunta o otimista. Sim, foi durante a peste negra que Isaac Newton, no isolamento rural de Woolsthorpe-by-Colsterworth, longe da Universidade de Cambridge, realizou suas principais contribuições: o cálculo diferencial e integral, o teorema binomial, a lei da gravitação universal e a teoria sobre a natureza das cores.

O fato alimenta o nosso desalento, ao saber do decreto governamental — suspensão das aulas pela peste do coronavírus. Não posso esperar que nossos estudantes, a "imitatio" Newton, motivados pelo exílio e na clausura se dediquem à matemática e aos fundamentos da ciência. Aqui, na Ilha, a suspensão das aulas terá pouco efeito sobre os discentes, pois já é praticada há anos — a taxa de abandono e evasão escolar também será, com a pandemia da covid-19, exponencial.

Sem função social, ao não poder chegar ao posto de saúde, no caos do transporte público, me dedico ao desfrute da leitura. Prudente, não saio de casa sem um livro: "Oh! Bendito o que semeia/ Livros à mão cheia/ E manda o povo pensar!".

Também tenho o costume de ler todos, em sua diversidade, e vários ao mesmo tempo — comportamento de polímata em um departamento francês no Ultramar da periferia... Livros cujos temas pertencem a diferentes áreas e formas de conhecimento. A mim, essas classificações por áreas, criando fronteiras para a vida, esquartejaram pela análise o nosso olhar e provocaram um ar de ceticismo em quem respira nesse ambiente. O que deveria estar separado, apenas por uma questão de método, tornou-se, com a nossa excessiva especialização, uma forma de ver o mundo. Consagrada pelo hábito, essa divisão passa a ser a norma e como resultado, histórico, isola e impede o diálogo. O astrônomo não fala como o antropólogo e o poeta não conversa com o químico, e eu não posso conversar com o motorista: "Só fale com o motorista o indispensável" — leio nos ônibus. É a regra. Aceitar essa divisão pertence já aos costumes, a forma como se pensa naturalmente — uma tradição consagrada. Prisioneiros dessa imagem, confinados por departamentos, aplaudimos os novos aristocratas da alienação — cada qual só fala com seu igual. Ultrapassar os vales mais profundos em direção "às montanhas mais distantes", ao dar ênfase às leituras interdisciplinares — um sonho renascentista —, seria prudente, enquanto não se vislumbra outro paradigma ou se assiste à queda dos contemporâneos.

Consistente com essa visão, vou lendo, da filosofia às ciências, das artes à teologia, do folclore à psiquiatria e "vejo os pés descalços dos que correm/ E escrevo para os que morrem sem nunca terem provado o pão...".

Sentado próximo à janela, respirando poeira, fumaça e vento quente, em meio e ao término do engarrafamento, vou me aproximando da rodoviária. Alguns minutos antes de sair do ônibus, tropeçando nos degraus, leio um poeta a advertir médicos voluntários, os quais vivendo na senda bifurcada, semelhante ao meu destino, não querem se ausentar de seus postos de saúde: "Busquemos apenas/ A palavras repetidas/ As gaivotas mais altas/ Mais perdidas".

LVI

Onde, ao comparar as árvores no mangue, suas raízes, os animais subterrâneos, com "a árvore do amor e seus dourados pomos", percebemos a inversão da ordem das coisas na experiência dos pacientes e a necessidade de ver a vida maior do que ela tem sido, durante as nossas mil e uma noites.

Cruzando a estrada próximo ao mangue, em direção ao posto de saúde, percebo as folhas e raízes das árvores atuais. Não há frutos aqui a serem apreciados. Os homens, insatisfeitos, não podendo se nutrir das árvores, devoram alguns animais clandestinos sob suas sombras — os caranguejos. Em uma milenar tradição, as árvores eram também habitadas por animais subterrâneos... Mais além, sobre os ramos, pousavam os pássaros e, através deles, o homem podia subir aos céus... Sabiam — "mesmo o homem mais racional precisa outra vez, de tempo em tempo, da Natureza, isto é, de sua postura fundamental, da atitude não lógica diante de todas as coisas".

Sim, a árvore da poesia, que possui frutos eternos e para a qual desviei minha atenção, não se avista aqui no mangue. Trata-se de uma estranha árvore milagrosa, aquela em que os frutos surgem antes das folhas. Dizem ser um pomar encantado, onde a lógica de causa e efeito está invertida ao negar a ordem natural das coisas. Eles, os frutos, estão lá, sem sementes, sem caule, tronco ou raízes. O fruto perfeito parece esperar pelas folhas, pelo caule... aguarda o sol, a primavera, a terra úmida, a chuva, as manhãs, as mãos de todos os semeadores. O fruto encontra-se fechado, completo, maduro — imagem do ilimitado, negação do tempo e afirmação da presença do que é e permanece.

Pensando sobre essa imagem, me ocorreu perguntar se um homem, o semeador, pode antecipar a si mesmo. Onde encontrar o nosso limite?

Podemos surgir além da nossa condição de origem? De onde fomos assinalados pelos nossos valores e modo de vida? Ou, indagando de forma mais existencial: "Pode alguém que sofreu grande infortúnio no passado, que passou por grande perda — um filho assassinado, uma traição, um abandono — perdoar sinceramente o seu agressor?".

Recordo que, pouco antes de sua morte prematura, o filósofo Kierkeegaard escreveu sobre uma árvore do amor. Acreditava obter dela os seus frutos, pois somos nós essa árvore, que se dá a conhecer: "Árvore milagrosa que sonhamos/ Toda arreada de dourados pomos...".

Diferente pensavam os antigos hebreus, ao acreditar no fruto dado, na origem de tudo e aguardando apenas as folhas, a terra fértil, as estações, a vida, o semeador e sua colheita... Não devemos ainda assim desconfiar do filósofo, pois o amor pode ver algo maior do que é... Citei essas memórias judaicas e dinamarquesas, não só por observar o mangue e suas árvores indiferentes, mas porque, hoje, há muitos pacientes para a consulta e é necessário lembrar dos frutos, ver a vida maior do que ela é...

Atendi inicialmente uma paciente deprimida. Afirmou estar perdida, sem vontade de viver e em uma "relação errada". Argumentei que não devemos manifestar ingratidão com a vida... e se no céu há nuvens, podemos ter, em algum momento, a surpresa de algum arco-íris... Com a face amargurada e ausente no ouvir, não pareceu dar importância à minha frase de autoajuda meteorológica. Retribuiu em agradecimento, com um abraço frágil, um beijo na face de uma boca desidratada e os olhos longe do gesto — um divórcio afetivo. O frio do beijo ficou, durante algum tempo, pousado em meu rosto. Ao sair do consultório, murmurou displicentemente — "... ia parar de pensar nessas coisas". Tinha mais o que fazer... Precisava dar comida para as galinhas, lá no sítio abandonado.

A consulta poderia ter terminado, mas viciado em imaginar, fiquei pensando se haveria outras opções verossímeis. Cervantes acreditava que, com exceção da inveja, todos os vícios também produzem algum deleite. Imaginei, então, para ela a possibilidade de ver Van Gogh pintando "O vinhedo vermelho" em Arles, nos campos de trigo vivo, ou junto a Dante Gabriel Rosseti fundando a irmandade pré-rafaelita, ou ainda ir salvar

Gauguin, no Taiti, da insatisfação com o verniz da vida francesa. Se não a agradassem os pintores — concedi — poderia ter a oportunidade de passar a noite na grande pirâmide de Gizé ou desfazer o ego saturado da vida suburbana do Rio de Janeiro, nas cores da aurora boreal...

LVII

Onde se descreve, em uma visita domiciliar, a vida de Dona Benedita, no isolamento da Ilha, e as opiniões de um ermitão do lago Walden, no contexto de algumas questões geradas pela ausência da cidade "sábia, corajosa, temperante e justa".

Viver na cidade, junto a homens desempregados, mulheres atormentadas e crianças agitadas, conciliando direitos e deveres, não é tarefa para um só. Ninguém é tão sábio como o rei hebreu que conseguiu "prescrever regras até para a distância entre as árvores…". Desde que os reis foram postos a nu, ninguém pode obter a necessária harmonia ao ditar, de trono solitário, as regras de como devemos viver em sociedade. Como evitar as complicações — o luxo, a pobreza, a preguiça, a maldade…? Como evitar que os homens degenerem? Vivendo no isolamento, evitaríamos os transtornos, o conflito, a desilusão?

Viver dentro dos muros da cidade "sábia, corajosa, temperante e justa" sempre foi o sonho dos legisladores. Como é constante aos humanos, não há consenso sobre a melhor forma de vida, pois mesmo os que advogam o idealizado Contrato Social, quando muito contíguos se comportam como o porco-espinho de Schopenhauer — espetam-se mutuamente.

Li no livro IV da *República* o sacrifício do filósofo em tentar conciliar o que restou do *Homo sapiens sapiens* à "cidade sensatamente" administrada. Difícil para ele estabelecer as premissas para esse fim. Uma das preocupações iniciais é que não se deixe entrar sub-repticiamente as irmãs xifópagas — a pobreza e a riqueza. As duas são perigosas, por introduzirem "o gosto pelas novidades…". A riqueza por dar "origem ao luxo e à preguiça…" e a outra, a feia, "à baixeza e à maldade". Além de legislar e convergir todas as artes na educação do indivíduo para a justiça, é necessário satisfazer a diversidade dos apetites daqueles que desejam viver com alguém ao lado... Não podem ainda os legisladores deixar de prover bons argumentos, a fim de seduzir os misantropos, que não vendo tragédia em se isolar, no mais além, junto à clausura de si mesmos, ainda se consideram abençoados pela Natureza quando despertam longe de outros mortais. Felizes, costumam repetir: "Tenho muita companhia em casa, principalmente, pela manhã, quando ninguém aparece...".

Penso sobre essas questões, no interior da Ilha, em meio à solidão da estrada — caminho tosco de terra batida e empoeirada, distante do posto de saúde. Procuro no mato solto, sobre o capim crescido, a casa da paciente. Ninguém por perto, separada de todos — onde a Benedita? Idosa, como quase todos os pacientes que atendo, não vem ao posto há meses. Junto à agente comunitária, estou em mais uma consulta domiciliar. Não há habitações, comércio ou vizinhos nesse mangue, apenas pequenos animais fazem ruído e fogem de nossa presença. A pé, continuamos, carregando a poeira no corpo, o sol na cabeça e o mal digerido café da manhã. Suando, vamos em busca da nossa eremita. Próximo à estrada, avistamos, atrás de uma mata fechada, algumas tábuas na paisagem. Mais perto, dois olhos estrábicos nos observavam a caminhada. Dona Benedita, rompendo o matagal, grita: "Doutor, o senhor por aqui?".

Chegamos. Benedita, 80 anos e desde os 19 morando nesse lugar ignorado. Veio viver com um homem trabalhador, em casamento de "papel passado". Após a morte do marido e sem filhos ou parentes na Ilha, vive a misantropia dos pobres. Levantando-se atrás da cerca, com voz generosa, pergunta se estou precisando de alguma coisa. Respondo que estava à sua procura. De pé, longe do umbral da casa simples, espero próximo ao portão — o limite do seu reino. Preocupado em não ser invasivo, ou exalar "o cheiro da bondade estragada" com meu gesto de filantropia... Afinal, ela não solicitou a minha presença; portanto, aguardo. Lembro que em situação semelhante advertiu o escritor americano H. D. Thoreau:

"Se eu soubesse que um homem estava vindo à minha casa com o propósito deliberado de me fazer o bem, eu sairia em uma corrida desabalada... do medo de pegar um pouco do bem que ele faria a mim..."

Não acreditava Thoreau em filantropia, achava-a em nosso meio muito valorizada... "É o nosso egoísmo que a superestima" — dizia. Vindo em minha direção, não apresenta em sua face o silencioso desespero de quem vive em forçada resignação, em depressão ou por se sentir rejeitada — não é o caso. Oferece as boas-vindas em abraço apertado e um sorriso largo. Seguimos com o cerimonial... À frente, no portal da varanda, agitada pelo vento, uma pequena placa: "Lar Doce Lar".

Sentados na soleira ao abrigo do calor, também não a percebo "com o cabelo desgrenhado, como se estivesse adornada de pinhas e musgos, e as roupas puídas e em desalinho...". Essa descrição atribuída ao escritor, quando de sua permanência como ermitão no lago Walden, Concord, Massachusetts, não corresponde à minha paciente. Incorreto atribuir aos que recusam a convivência social semelhante desapego aos costumes e, muito menos, uma única natureza. Sem ter se tornado um novo homem, Thoreau, sincero, não compreendia como roupas novas iriam melhor lhe servir. Não caem à Benedita, com justiça, os predicados do desleixo ao se vestir, em seu penteado arrumado e a roupinha larga e bem passada. Cabem, com certeza, tais predicados, desde que filtrados pela argumentação ética, crítica, ao escritor americano, que influenciou Gandhi e Martin Luther King. Entre ela e Thoreau, em sua cabana, apenas observei em comum, os pés descalços, talvez por acreditar também que "pés descalços são mais antigos do que pés calçados".

Inicio a consulta dentro da conversa. Avaliando os sinais vitais, vou perguntando se a vida lhe tem sido ingrata, se tem passado bem, se está tomando as medicações... Sorri e diz que precisa de muito pouco para viver. O sossego é o que importa. Não se expõe, como Thoureau, a ser presa por se recusar a pagar os impostos ou ir para a guerra. Aqui na Ilha, a maioria não paga conta de luz, nem IPTU, ou qualquer outro imposto. Relativamente ao bem mais precioso, a água, retira do próprio poço. Quanto à guerra, nunca foi recrutada pelo tráfico ou pela polícia — talvez pela idade. Dinheiro vem da pensão do marido; é pouco, mas dá. Orgulhosa, com olhar altivo, afirma: "Tenho crédito no armazém, na farmácia, e pago em dia. Nunca atrasei minhas contas. Não devo nada a ninguém".

Thoreau, nos quase três anos que viveu em sua choupana, próxima ao lago Walden, voluntariamente distante dos seus amigos de Harvard e dos habitantes de sua cidade, afirmava, soberbamente, ter em casa apenas três cadeiras: "uma para a solidão, duas para a amizade; três para o convívio social". E parecia já ser um exagero... Era mais do que necessário. O único inconveniente de viver em casa tão pequena era a dificuldade de guardar distância quando se começava "a expor grandes pensamentos...". Acreditava ter domínio sobre si mesmo — "o que um homem pensa de si, é isso que... indica o seu destino". Benedita, eu e a agente comunitária não temos cadeiras para sentar. Bem ajeitados em um banco de varanda, também a ouvimos falar do que aprendeu — o necessário para se autodeterminar e viver bem: "Ter vergonha na cara. Serve para o homem e para a mulher...".

Diferente de H. D. Thoreau, a nossa paciente, com o seu isolamento na casa simples, não quis afrontar o senso comum ou pairar sobre os seus contemporâneos. Não representou seu insulamento nesse matagal, nenhum movimento de rebeldia à sociedade de consumo ou a qualquer sistema econômico. Não transformou a varanda de sua casa em tribuna para a desobediência civil, ou sua horta em símbolo do movimento da preservação ambiental. Apenas, em sua luta, consegue sobreviver e resistir na Ilha. Não pensa em se mudar, até por não ter para onde ir. Não compreendo o fato como uma ode à melancolia. É, também, Dona Benedita, um grito, um alerta, semelhante aos escritores e galos, que tecem sempre uma nova manhã, porém com raros vizinhos, para despertar ou incomodar.

LVIII

Onde, em visita ao centro de reciclagem, entro em um Lixão, à procura de uma menina portadora de tuberculose e retorno com a sensação de ter visitado um poeta medieval no Inferno.

Próximo ao posto de saúde, existe um local para gerenciamento de resíduos provenientes da coleta domiciliar e da indústria. O povo da Ilha batizou o local de "Lixão". Ali não se protege o meio ambiente, não se evita a poluição, nem há qualquer ação para prevenir doenças na população pobre, que morando naquele inferno recolhe parte do lixo para venda e sobrevivência. Dante Alighieri leu no pórtico do rio Aqueronte: "Por mim se vai à cidade dolente/ Por mim se vai a eterna dor/ Por mim se vai a perdida gente/ ... Deixai toda esperança, vós que aqui entrais".

Sem avaliar adequadamente a prudência dos cristãos e tomado pela missão a mim atribuída — médico de família —, fui com a determinação dos crentes em Allah, a insensatez dos ungidos e uma agente comunitária em busca de uma menina, com diagnóstico de tuberculose — não comparece mais ao posto de saúde e não deu continuidade ao tratamento.

Passo pelo pórtico em direção às palafitas, onde os "catadores de lixo", hoje chamados de recicladores, moram. A agente comunitária afirma conhecer o lugar, apesar de só ter ido lá uma vez... É muito distante do posto de saúde, o caminho difícil e houve, ainda, uma discussão administrativa sobre quem ficaria responsável pelo atendimento da área.

Ao longe se avista uma montanha, sem vegetação, ao lado de um lago escuro. O que julguei ser uma elevação é o local onde o lixo é continuamente despejado por caminhões, indiferentes ao movimento das pessoas que, semelhantes às formigas, circulam no seu entorno. O lago escuro não é um acidente geográfico, um elemento da Mata Atlântica, disponível para pintores românticos, mas um líquido negro ("chorume") — aglomerado de substâncias químicas a exalar gases tóxicos. Sob uma "canícula senegalesca", nos aproximamos de uma pequena cabana improvisada em meio ao lixo — quatro bambus cobertos por um plástico azul. Imediatamente, sai daquele forno um menino de uns 10 anos, aproximadamente. Pergunto sobre a menina, declino o nome. Não sabe quem é... Pergunta pelo apelido...

Seguimos em frente, passamos pelo Limbo, onde não ouvimos gritos de dor — apenas suspiros... O calor aumenta e os mosquitos nos observam. Passamos pelo "terceiro círculo", porém lá só vimos a lama suja e o tormento do mau cheiro — não havia os que sofriam pela gula... assim como no sexto círculo não encontramos os hereges, apenas as clareiras abertas, de onde sai um fogo eterno e uma multidão com sacos nas costas.

Confuso, sem encontrar ninguém a nos orientar na busca, fomos em direção às palafitas — um solo estéril, oposto ao Paraíso criado por Deus, além de ser um lugar de difícil circulação, pelo risco de, andando sobre tábuas, cairmos no fosso escuro. De longe chamamos por um morador que, nos reconhecendo, esclarece terem a menina e a mãe abandonado o Lixão. Não sabe o destino. Voltando para o posto de saúde, eu e a agente comunitária não trocamos uma palavra sobre o ocorrido, parecia que, em nossa memória, "um passado fictício já ocupava o lugar de um outro, do qual nada sabemos com certeza — nem mesmo se é falso".

No ônibus, lembrei da Esfera de Ptolomeia, onde a alma, aprisionada no gelo, diferente do calor que sofri, ao chorar, tem suas lágrimas congeladas sobre os olhos cegos.

LIX

Onde uma agente comunitária nega a oportunidade, por mim imaginada, de exercer o papel de "coaching" na periferia e, ao imigrante italiano, a ocasião de transformar um acontecimento desastroso em uma espécie de penúltima versão da realidade.

Chegando ao posto de saúde, encontro a agente comunitária aborrecida. Procurando pelas razões, descubro apenas a causa — hoje é dia de atendimento domiciliar a um paciente difícil, agressivo. Relata ter sido expulsa, na última visita, com palavrões e prometido não mais voltar à casa do velho Vincenzo. Há tempos não vem ao nosso ambulatório, pois o havia encaminhado ao tratamento de hanseníase, em serviço especializado e, por conveniência, mudou-se para a casa do irmão, longe daqui. Pela reação da agente comunitária, soube de sua volta.

O velho Vincenzo é filho de italianos, imigrante e não teve a mesma sorte de seus parentes em São Paulo. Vindo para o interior do estado do Rio de Janeiro, não conseguiu prosperar. Com o plano Collor, perdeu a pouca poupança que fizera e foi obrigado a vir morar aqui, na Ilha.

Saindo do posto, tento acalmá-la e prometo conversar com o paciente, antes de qualquer assunto, mesmo sabendo que as ruas estão cheias de humilhações para quem, neste lugar, deseja harmonia.

No caminho, vou tentando convencer a agente comunitária sobre o sofrimento psíquico de quem, em meio de pouca educação formal, acometido por hanseníase, sofre por discriminação pessoal, por exclusão social. Mencionei que, sendo ela frequentadora da igreja evangélica, não deveria desesperar do mal... e sim acreditar no poder do bem... Citei um angustiado dinamarquês: "Se a desconfiança pode perceber uma coisa como menor do que é, também o amor pode ver algo como maior do que ele é...".

Minha conversa não produz nenhuma reação, nem "um sobrolho pensativo"... Em silêncio, caminhando nas pequenas vielas de barro e capim seco, com um sol inteiro só para mim, tento, suando, reconhecer os "sinais", o momento certo para insistir, de convencê-la a não abandonar o trabalho de apoio aos doentes, pois afinal "somos almas que se dispersam em outras almas...". Relato que situações dramáticas podem ser oportunidade de grandes acontecimentos. Trago à nossa conversa, perdida entre mosquitos e o vento quente, o exemplo de serviço à humanidade pela criadora da enfermagem moderna — Florence Nightingale. Recordei a notícia: "havia menor sofrimento na face dos pacientes quando a avistavam na enfermaria".

O ar bucólico da Ilha, sem traficantes armados, naquela hora, ampliava o meu devaneio de "coaching" da periferia. Pensei em iniciar uma exposição sobre a contratransferência no trabalho terapêutico, em situá-la em alguma constelação familiar, mas seria exigir demais que, em tão pouco tempo, pudesse eu obter bons frutos... Afinal, diante de eventos que afetaram nossas memórias da infância, muita resistência está acumulada para permitir um milagre.

Procurando um caminho diverso, resolvo rever a história humana e questionar se podemos perdoar uma agressão. Lembro aqueles que viveram grande decepção e perderam o gosto pela vida: "Melhor seria não ter nascido...". Descrevo a possibilidade de ver algo sob vários ângulos, de revisitar uma experiência, inspecionar novamente o fato, livre de nosso olhar condicionado, dar uma oportunidade à vida e transformar o acontecimento desastroso em uma espécie de penúltima versão da realidade...

Ao chegar próximo ao portão da casa do velho italiano, ouço a agente comunitária dizer:

"O senhor entre, se quiser... Eu vou esperar aqui fora... Comigo é assim, só faz uma vez... Ele fez e não vai fazer de novo... Quando digo é só uma vez... é uma vez só!"

Estivemos no mesmo lugar, pisamos o mesmo chão, temos a mesma missão, mas alterar o passado é um enigma — tem a forma de uma pergunta, sem resposta, pois sempre chegamos cedo demais. A Ave de Minerva, escreveu um filósofo alemão, só levanta voo à noite, depois que tudo aconteceu... Aqui, o sol ainda está a pino.

LX

Onde, esperando que um galo teça uma nova manhã, observo um bêbado orgulhoso, um cabo do exército, a boa convivência entre cachorros, patos, galinhas, poetas, traficantes e, na mercearia, aguardo um falso Uber, a revolução ou um disco voador.

O milagre acontece em todo lugar. Aqui continuo esperando o ônibus, um táxi, um falso Uber, uma carona, um paciente trazendo a avó para a consulta... Nada passa... e o que caminha, vai mal neste lugar. Tudo vai devagar. Os galos cantam e não tecem a manhã, não há uma melodia a ser entoada. Os cachorros correm e latem para qualquer um, em todos os tons, desafinados, sem preocupações estéticas. E mesmo os pastores evangélicos não vieram hoje ao viaduto salvar os perdidos. A palavra "frio" não é suficiente para dizer do frio que faz aqui embaixo deste viaduto — vento encanado em minha direção.

O ônibus aparece, vou — e já vou tarde — para o posto de saúde. Os pacientes vêm agasalhados com blusas sem botão, calçados em sandálias com barro. Um bêbado se senta ao meu lado, orgulhoso, diz que não deve nada a ninguém... Digo, por ele, graças a Deus e lembro de agradecer ao motorista por ter vindo. Ele, distraído, se afastando do volante, põe um pequeno tampão sobre a câmera — do viaduto até a Ilha é proibido filmar, ordem do tráfico de drogas. As consultas correm na manhã.

Inicio o atendimento e o primeiro paciente é um cabo do Exército, almoxarife do setor de manutenção, e sequestrado ao sair do mercado acompanhado de sua mãe. Durante o evento, sendo evangélico e fazendo curso para pastor, magnânimo, perguntou ao bandido em que poderia ajudá-lo... Surpreso, ouviu do bandido: "Você, por acaso, é Jesus Cristo?". Respondeu a ironia de forma direta, de acordo com a visão teológica aprendida: "Não sou Jesus Cristo, mas sou filho dele, como você!". Ainda coerente também com a linguagem do setor de estoque, onde exerce a sua função no ambiente militar, complementando e com olhar firme, ordenou: "Não me mate, nem a mim, nem à minha mãe, porque vai ser um prejuízo e depois vai ficar difícil de repor...". Silêncio. O bandido não argumentou. Os sequestrados foram abandonados em uma esquina qualquer. Do transtorno, restaram como consequência o roubo do celular, o pouco dinheiro na carteira, a mãe nervosa, uma pancada na cabeça e algumas dívidas que ficaram por pagar.

Saio do posto de saúde e tudo continua... "E como eu palmilhasse vagamente uma estrada...", há lama por todo lado e o povo prefere assim, porque, quando há sol, há também poeira nas roupas, nos cabelos — difícil retirar. O velho cego puxa o carrinho ("burro sem rabo") auxiliado pelo neto guia. Os cavalos continuam balançando o rabo. Uma alegria sem explicação gira no ar, com a bola dos meninos do Ciep. Bandeirinhas do Brasil por todo lado, um exército Brancaleone de vitórias no futebol. A água do mangue está mais negra pela agitação da chuva — os caranguejos gostam. Com a chuva, o lixo fica mais pesado — os catadores não gostam. Os urubus comem as sardinhas que não foram vendidas e estragaram... — paradoxo do capitalismo suburbano. Os porquinhos caminham com a mãe — porca assumida. A cena é algo familiar. Cachorros, patos, galinhas, convivem bem com suas diferenças. A mistura de todas as espécies nos une, nesta ONU da fome.

O camburão dos policiais passa rápido — quem tem fome tem pressa. Dos traficantes, na hora do almoço, só a lembrança das balas nas paredes da unidade avançada da polícia pacificadora. Meus pacientes já atendidos somem na estrada. No lava-jato, em frente ao posto de saúde, apenas Michael Jackson grita no rádio: "Heal the world/ make it a better place/ For you and me".

Alguns passarinhos permanecem indiferentes em suas gaiolas. Na mercearia, eu, comendo um pãozinho, ainda espero o ônibus, um falso Uber, a revolução, os anjos e suas trombetas, a nova edição de *Leaves of glass*, o ponto de inflexão, um disco voador...

LXI

Onde, em atendimento domiciliar, sem auxílio da semiologia médica, vou em visita a uma avó e seu neto em sofrimento, por ter ele sonhado em realizar com o pai o impossível.

Às vezes sonho acordado... principalmente quando fecho a janela do ônibus ao passar pelo mangue destruído — recuso o calor e a poeira que sobe sem pedir licença. Nos momentos possíveis — passageiros entrando ou no engarrafamento de veículos — abro um livro... Descendo do ônibus, entro no consultório. A agente comunitária expõe um fato e o vínculo que há entre todas as coisas, pois a semiologia médica não me serviu de guia, em um atendimento onde fui obrigado a suspender o juízo, relativamente aos métodos tradicionais.

A agente comunitária solicita consulta para uma moradora de sua área de cobertura — atendimento domiciliar. Trata-se de uma mulher de 72 anos e avó de um rapaz de 20. Encontra-se ele, atualmente, casado com uma moça mais nova e já com um filho de colo. Entrando na casa, não observo mais parentes. A avó diz não precisar de atendimento, quer atendimento para o neto. Conta: "... há duas semanas ele não trabalha, come pouco, não fala com ninguém e só fica deitado". Pobre e preocupada com a sobrevivência da família, foi ao local de trabalho do rapaz. O patrão disse compreender... mas se ele não voltar, vai demiti-lo. O desemprego é a véspera de muitas desgraças.

Na tentativa de compreender o problema, descubro as circunstâncias que motivaram a atitude do rapaz — o pai foi assassinado. Havia o pai sido condenado pela Justiça. Ficou preso por dezoito anos, em uma penitenciária do Rio de Janeiro. Solto há poucos meses, foi abordado na frente de casa por dois motociclistas — levou muitos tiros. Dizem ter sido um acerto de contas... alguma vingança.

Tento conversar com ele, mas, em depressão, recusa o atendimento. Saio do quarto. Ele não quer... Desesperada, a avó pede insistentemente pela consulta... Conta o sonho do neto... com o dia em que o pai sairia da prisão e sobre o que fariam juntos. Respondo: "Dada a situação, posso até medicar, provisoriamente, mas não posso atender quem, estando lúcido, não deseja a consulta...". Ela implora. Fico na casa e, sem saber o que fazer, lembro dos antigos médicos, de suspender o juízo... Sentado na varanda da casa humilde, sem método a permitir adequar meios a fins, aguardo em silêncio. Não encontrando nenhuma solução racional para a cena dramática, penso em ir embora, até porque não faz sentido ficar com o juízo suspenso o tempo todo. A avó suplica para eu ficar...

Volto ao quarto e, novamente, tento a consulta.

Ele, deitado, puxa o cobertor e esconde o rosto. Permaneço sentado, ao seu lado, ainda sem palavras e sem saber como agir. Passados dez, quinze, trinta minutos, uma hora — a mesma cena se mantém. Desisto... No passado aprendi com os filósofos sobre a precondição para o diálogo, ou seja, é necessário que o outro do discurso queira conversar sobre o tema proposto. Não era o caso para um dialético. Ocorreu-me ainda iniciar uma conversa fraterna, pois é comum, em oratória, afirmar: "... o maior efeito sobrevém a uma súbita mudança de tom...". Não parecia ser o caso para um retórico.

Recordei em silêncio os versos de Calderón de La Barca, ao lembrar do sonho do rapaz, da nova vida junto ao pai: "Sonha o rico sua riqueza/ que trabalhos lhe oferece;/ sonha o pobre que padece/ sua miséria e pobreza...". E do enigma final: "... porque toda a vida é sonho/ e os sonhos, sonhos são". Também não era o caso para poetas. Apenas restava ali uma avó desesperada, uma esposa adolescente, uma criança de colo, um rapaz, seu sofrimento e um médico sem saber o que fazer... Iniciei então, no vazio, uma conversa com um ausente. Ocorreu-me perguntar, em voz alta, se o pai, além de todas as desgraças que cometeu em vida, tinha alguma qualidade. Talvez, a insensata coragem para cometer atrocidades? Embaixo das cobertas, sei que ele me escutava. Pedi, então, para ele imaginar o pai sentado ao nosso lado... O que ele diria, ao observá-lo ali caído, enquanto sua avó, mulher e filho desesperavam a seu lado? Antes de sair, acrescentei: "Quando você ouvir a resposta, peça a tua avó para me ligar". No dia seguinte, em casa, recebo um telefonema da avó — "ele se levantou... saiu do quarto". Voltou ao trabalho? Não perguntei. Um pequeno passo já é o início de uma longa caminhada...

LXII

Onde, envolvido, após o almoço, na reflexão sobre o juramento de Hipócrates, tento solicitar a Apolo médico, a Esculápio, Hígia e Panaceia, Esaú, Jacó e a todos os deuses e todas as deusas a salvação do sistema de saúde e que um paciente não cumpra a promessa feita a mim.

São várias as versões do juramento médico, atribuído ao grego Hipócrates. A moderna revisão da 68ª Assembleia, realizada nos EUA, em 2017, é mais específica sobre as condições de cuidado que o médico deve ter consigo: "Cuidarei da minha saúde, bem-estar e capacidades para prestar cuidados da maior qualidade". Seria o equivalente do preceito: "Médico cura a ti mesmo..."? A tradição filosófica, amante de sentidos ocultos, de alguma hermenêutica sutil, não concordaria com a interpretação funcional... Entretanto, o juramento de Hipócrates, ao qual todo médico se submete, afirma, também, em sua versão mais antiga, um preceito para proteção ao paciente: "A ninguém darei por comprazer nem remédio mortal nem um conselho que induza a perda". O erro médico é um fato e, hoje, de muito mais difícil atribuição, pois trabalhamos em equipe, na dependência de muitos outros especialistas e exames complementares.

O juramento compromete o médico, individualmente, e não faz menção ao erro induzido por outros... Cabe a ele toda responsabilidade, o necessário discernimento crítico para separar o joio do trigo...

O médico, hoje, já não é mais, em sua maioria, um profissional liberal. Não é dono do seu nariz, nem escreve a sua própria história... Vive a condição de empregado de plano de saúde ou do governo e exerce a medicina muitas vezes em condições precárias. O sistema de saúde pública é lento, moroso, burocrático no encaminhamento dos necessários exames, diagnósticos e tratamentos. A doença não obedece à agenda dos burocratas da saúde pública... "Agora é ir para casa e aguardar o telefonema do Sisreg" — diz a técnica de enfermagem ao paciente. Com um câncer em evolução, difícil ouvir e esperar...

Nos hospitais particulares, o dinheiro vem na frente e abre passagem para os que podem pagar o plano de Midas — democraticamente oferecidos... Há todos os tipos de "produtos", inclusive planos sem hospitais e de acordo com o nível de renda, os quais excluem relações de contrato com pacientes não vinculados a empresas, os particulares e protegidos por legislação, cada vez menos atendidos — as seguradoras de saúde não querem clientes sem CNPJ... Quando o dia amanhece, ninguém está satisfeito, nem a empresa/seguradora que oferece o plano, ou o hospital associado, ou a empresa que compra o serviço e o oferece aos seus trabalhadores, nem o médico ou o paciente... principalmente, se forem idosos. É o sistema de saúde brasileiro "um trem desgovernado caindo em um abismo...". Pensar sobre esse tema durante o almoço no posto de saúde provoca refluxo gastresofágico em minha alma sociológica... Entretanto, como se lê em "Esaú e Jacó": "Não há mal que não traga um pouco de bem, e por isso é que o mal é útil, muita vez indispensável...".

A técnica de enfermagem grita na antessala: "Doutor! O homem está morrendo". Estranho a situação, pois não atendemos emergência — não há recursos no ambulatório. Uma mulher, com o marido obnubilado, para em frente ao posto de saúde e pede ajuda. Examino o paciente e a oriento a ir ao hospital. "Não vai dar tempo" — afirma ela. Esclareço que não é grave. Ela não acredita. Paciente mantendo sinais vitais — apenas hipotenso. Após hidratação — a melhora. Ela se surpreende e diz estar o marido muito mal do coração. Avalio a medicação e percebo o erro de diagnóstico e tratamento... Paciente com excesso de diurético há muitos dias.

Passada uma semana voltam a esposa e o marido, antes "cardíaco", agora saudável. Trazem os exames antigos e percebo o equívoco — o raio X acusa área cardíaca aumentada, mas o exame não possui seu nome, mas de outra pessoa... daí o excesso de diurético pelo antigo médico assistente. Esclareço o ocorrido e o paciente, muito agradecido, me abraça e com uma mudança brusca de humor diz: "Vou até o pronto-socorro dar uma surra no médico…". Tentando obter a melhor orientação, volto minha mente para o juramento da tradição, já que nem Esaú, nem Jacó, nem Machado de Assis me dão socorro:

"Se eu cumprir este juramento com fidelidade, que me seja dado gozar felizmente da vida e da minha profissão, honrado para sempre entre os homens; se eu dele me afastar ou infringir, o contrário aconteça."

LXIII

Onde se descrevem a última consulta e o exílio do médico voluntário, a estranha reflexão gerada ao lembrar um matemático da Pomerânia Ocidental, o sentimento do poeta norte-americano e a pergunta: "Por que existe alguma coisa e não o nada..." no mangue?

Por não poder, definitivamente, ir ao posto de saúde, percebo um tempo extenso dentro de casa. Diferentemente percebem os traficantes o tempo vivido. Despreocupados com a polícia e outros concorrentes, não se angustiam ao expandir o território longe de suas clareiras no mangue. Agora, buscando aliados, adotam as mesmas práticas das milícias na baixada do Rio de Janeiro — querem apoiar e eleger políticos. Como não aceitei ser cooptado e escalado como cabo eleitoral de suas pretensões, fui ameaçado e impedido de entrar na Ilha e atender os pacientes:

"Não é apenas sobre ti que caem as nódoas escuras/ O escuro lançou também sobre mim suas marcas/ O melhor que eu havia feito pareceu-me vazio e suspeito..."

O isolamento suscitado pelo tráfico de drogas e pela pandemia trouxe algumas questões há muito abandonadas por mim, na vida ativa do ambulatório médico e na vida das vielas estreitas e solitárias do mangue. Um tempo mais longo, onde as tardes e noites não agradam... Urge, é necessário lutar ou fugir, dizia o *Homo sapiens sapiens*... Para os mais céticos, o esforço épico de não aceitar coisas ocultas. Para os românticos, o momento adequado de estar no lugar certo para ultrapassar as sete portas, buscar a flor azul — um desvendar das manhãs...

Alguma "coisa aqui" não acontece e aborta a alegria de estar vivo. Aquele otimismo dos pragmáticos: "Nasci nu e estou vestido — melhorei muito...", parece não bastar. Uma ansiedade, um constrangimento também surgem, por observar o que não se apresenta. Os filósofos, amigos dos niilistas tristes, denominaram esse estado de vazio por um substantivo — "o nada". Esse "nada" é como uma dívida que temos com alguém. Uma espécie de promessa não cumprida. Algo amado e perdido... Não é um objeto sensível — é apenas algo desejado e que devia estar lá... Se quisermos compreendê-lo em seu hábitat, devemos evidenciá-lo em nosso pensamento como um ato do juízo — um objeto da imaginação e não da realidade comum. Para quem não gosta de abstração, posso afirmar, é como consumir na mesa dos deuses apenas pão seco...

O pensamento, entretanto, não sendo uma coisa à toa, cria um sentimento e improvisa alguma reação ao se ver prisioneiro nessa incompletude. O sentimento, drama e trama da razão desassistida, desperta uma angústia, um mal-estar, diante do que não se mostra. Esse desconhecido, agora denominado, também tem outros nomes e não pode ser tocado — não se sabe de onde veio e para o que veio... Não o encontramos na rua — o inefável — e ninguém esteve presente ao seu nascimento, talvez apenas em sua morte alguém lhe dedique alguns versos íntimos:

"Vês! Ninguém assistiu ao formidável/ Enterro de tua última quimera./ Somente a ingratidão — esta pantera —/ foi tua companheira inseparável"

Sofre grande rejeição, mas ainda é muito influente em nosso cotidiano. Igual a filho feio, não tem pai. Como a Natureza — dizia Heráclito nas noites em Éfeso — ama esconder-se... em nós. Por já ser um problema de saúde pública, devem os seus adeptos ser medicados, segundo a opinião de quem gosta de viver alegre, pois não é normal caminhar amedrontado. Sobre o "vazio", esse vilão já a todos apresentado, um lógico da fria Pomerânia Ocidental afirmou que poderíamos compreendê-lo e, quem sabe, amá-lo pela sua potência, no esclarecimento de temas complexos.

Assim, disse ele: "o vazio" é o conjunto de todos os elementos diferentes de si mesmos. É uma evidência por si mesmo, talvez o elo perdido... Daí pode ter origem um estranho universo... Entretanto, para muitos, no princípio era a identidade: "Eu sou o que sou". A afirmação implica aceitá-la como a única certeza e sólida base para erguer o mundo. Somos um espelho de nós mesmos — semelhantes. Negar esse fato implica absurdos cotidianos. A evidência ocorre em várias áreas do conhecimento, como no caso biológico, onde, em gêmeos monozigóticos, temos que aceitar — "cara de um focinho do outro". É por onde se começa a compreender o passado e o futuro, mas não resolve a aporia criada — as categorias do ser, as determinações da existência... É, infelizmente, o que temos para hoje... para o lugar onde "A razão se converte em loucura, as boas ações em calamidades".

A identidade, portanto, é tudo o que é semelhante a si mesmo, o vazio é tudo que é diferente de si mesmo... O "vazio" não tem preferência, não se parece com ninguém — ele é único. Não é como nossa espécie, um bicho solto, circulando apenas em uma área determinada, pois ele está em todos os lugares — possui as características da universalidade, mas não é um "nada" abstrato, impessoal... Não é aquele nada dos gregos — "do nada, nada vem...". Também não é, como querem os matemáticos, um "nada" diferente do "vazio", por acreditarem que não tiveram a mesma criação, a mesma infância — não são irmãos e não devem andar juntos... É, como querem os filósofos, apenas a negação de nossa promessa de construir identidades, individuações, destinos: "o nada é mais original do que o não, e a negação nasce do profundo tédio, nos abismos... de nós mesmos, desse tempo que sobra, dos restos...".

O nosso "nada" é o da angústia pessoal, sofrimento para a maioria, mas para alguns permite revelar um caminho de autenticidade — uma "clareira" (onde poucos sobrevivem...), mas é o início, sempre, de algo por surgir...

O poeta Walt Whitman, discípulo de Epicuro e do vórtice universal, em uma tarde de abril de 1860, na costa oeste americana, observa esse "nada" que descrevo, hoje, aqui em casa, longe dos pacientes e do ambulatório médico, em um outro encontro, ao ver o mar:

"... porque simplesmente ousei abrir a minha boca para cantar.../ Ciente agora de que, entre todo o palavrório cujo eco reverbera em mim, nunca, jamais tive a mínima ideia do que ou de quem sou..."

Sozinho, sobre a areia escura, percebe um infinito entre ele e o seu desejo de se unir à Natureza. Sente as muitas impossibilidades, as muitas verdades que podem dissolver sua alma, a sua má-fé... Não compreende, naquele ir e vir permanente, o movimento inocente de sua ignorância. Não pode anular o sentimento... Permanece, pensa acordado e não quer ir embora... Não se dissolveu ainda... Quanto mais se aproxima, menos compreende, mais resta distante do desejado, porém possuído, por não ter onde pousar o olhar — nosso constrangimento — percebe o mar desconvidando-o, em sua recusa. Aquilo que, como ato do juízo, e que fora apenas pensado como possibilidade, agora, em sua consciência se impõe como angústia e descoberta:

"Enquanto me dirijo às praias que não conheço/ enquanto inspiro as brisas impalpáveis que pousam sobre mim/ ... descubro que a mais ínfima coisa que me pertence, ou que vejo, ou que tocam as minhas mãos.../ que não as conheço..."

Muitos anos antes, diferente dele, encontrava-se feliz em 4 de abril de 1755, o urbano Samuel Johnson, autor do primeiro grande dicionário da língua inglesa, na afirmação soberana da sua lista de 42.773 termos/ palavras. Com o seu dicionário, desconhece o "vazio", por ter encontrado ali a voz de William Shakespeare e o falar de todos... Um sentimento incomum para os que vivem no convívio com o eterno carcereiro — o "nada". Hoje, mais próximo, desde a pandemia, e íntimo de quem não quer ser cooptado pelo tráfico de drogas.

LXIV

Onde, após ter sido expulso pelos traficantes do posto de saúde, recebo a ligação de um bom pastor, uma promessa de solução para o conflito e a possibilidade de alguém ser réu e juiz de si mesmo.

Depois de ser expulso pelo tráfico de drogas, por recusa na participação da campanha para eleger vereadores, recebo uma ligação: "Doutor, o senhor não pode deixar os pacientes...". Sim, não é adequado... Sem saber a intenção do apoio, explico a situação de modo formal. Argumento ter entrado para o trabalho médico na Ilha voluntariamente, mas estou saindo involuntariamente... Ele insiste. Tento narrar o acontecido, de forma a refletir o mais adequadamente os fatos, a fim de superar o caráter desfavorável do material e o conflito "não apareça como um choque casual", embora o interlocutor não seja policial, nem jornalista e muito menos crítico literário marxista.

A ligação solidária foi feita por um pastor. Conhece o seu rebanho; principalmente, se dedica às ovelhas desgarradas... da Ilha. No diálogo, observo não ter ele conhecimento das circunstâncias que deram origem à minha saída do posto de saúde. Mantenho a conversa e, mais confiante em seu real interesse e lealdade, no desejo de oferecer alguma solução à crise gerada, descrevo quase um romance infinito, com causas múltiplas e bifurcações inusitadas, mas insiste ele em buscar uma sucessão de situações típicas... para equacionar a questão. Não corresponde seu entendimento ao meu relato particular e dramático...

Em minha ingenuidade, ao interpretar as ações, reações e diálogos ocorridos com os pacientes na luta contra a doença, penso extrair deles um caráter único, original... Descubro, entretanto, ao ser interpretado pelo pastor, ser alguém ocupando um lugar comum, sem grande significado, em uma sucessão de situações típicas. Era hora de indagar: "Quem sou eu na fila do pão!". Não era o caso para manifestar complexos de identidade ou crise de consciência...

Longe do caráter épico imaginado, descubro que minhas ações não são compreendidas pelos leigos e vivo o mesmo problema dos escritores, ao descrever eventos e personagens:

"[...] todo conhecimento das relações sociais fica abstrato e desprovido de interesse do ponto de vista da narrativa se não se transforma no fator fundamental de integração da ação; toda descrição das coisas e das situações permanece morta e vazia se for apenas descrição de um simples espectador..."

Sigo com a narrativa, na esperança de obter alguma solução, um final feliz, como costuma acontecer nas novelas das tardes brasileiras. Descrevo ter sido "resgatado" pelo técnico de enfermagem, após a recusa de acompanhar o "candidato", em uma demonstração de apoio, de clientelismo eleitoral... Como os escritores realistas do século XIX, esbocei detalhes do local, da paisagem, dos tipos comuns, enfatizando a denúncia social, a desigualdade... Preocupado com o risco da ligação cair, porque o sinal da internet local é sempre ruim, o pastor, bruscamente, pergunta: "Afinal, o que aconteceu de grave?". Percebo não ser o momento de expor o conflito nas relações sociais de produção, nem de tentar esclarecer o porquê das "formações nebulosas na cabeça dos homens serem sublimações necessárias de seu processo de vida material"... Interrompido o relato, concluo — os traficantes, depois de minha fuga, chegaram ao posto de saúde e, apontando o fuzil para as agentes comunitárias, técnicas de enfermagem e o pessoal administrativo, exigiam o nome de quem me informou que X era o candidato deles. O raciocínio e a imaginação estão sujeitos a erros... aqui não houve dúvidas.

Obtido o fato, seguiu a ação redentora. Imediatamente, com conhecimento de causa do submundo do tráfico, o pastor, tranquilo, relata conhecer o chefe dos traficantes — uma das ovelhas desgarradas. Afirma ter sobre ele "autoridade moral" e irá solicitar punição ao agressor de médicos voluntários. Solicita o nome do autor... Declino o nome... Após alguns minutos de constrangimento, descubro ser aquele que faria justiça o mesmo que agrediu...

Sabia o poeta: "A mão que afaga é a mesma que apedreja... Se alguém causa inda pena a tua chaga, Apedreja essa mão vil...". Entretanto, não posso terminar esse romance infinito com pessimismo e deixo aos céticos, como reflexão, a evidência da miséria nem sempre agravar a debilidade, pois, ao fim de sua vida, escrevendo seu *Os devaneios de um caminhante solitário*, o filósofo Rousseau foi juiz de Jean Jacques, em um profundo esforço para compreender a si mesmo...

É necessário crer para compreender, "desocupado leitor"...

REFERÊNCIAS / PERSONAGENS

I – Michael de Montaigne, Charles Darwin

II – Ludwig Wittgenstein, Blaise Pascal, Homero, Gonçalves Dias, Marco Aurélio, F. Hegel, Manes e Baruch Espinosa

III – Homero, Arthur Schopenhauer e Machado de Assis

IV – Blaise Pascal, F. Hegel, Voltaire, Michel de Montaigne, Fiódor Dostoiévski, Soren Kierkegaard, Friedrich Nietzsche

V – Dante Alighieri, Euclides da Cunha, São Tomás de Aquino, Aristóteles, Charles Baudelaire, Victor Hugo

VI – C. G. Jung, W. Wordsworth, Gonçalves Dias, Hipócrates, S. Freud, T. Hobbes, Menotti Del Pichia

VII – E. Kant, São Tomás de Aquino, Baruch Espinosa.

VIII – Moisés Maimônides, Cícero

IX – Walter Benjamin, Fiódor Dostoiévski, Alain Aspect, Baudelaire, Empédocles, Arthur Schopenhauer, John Keats, Hesíodo

X – Edwin Hubble, Aristóteles, Isaac Newton, Galileu Galilei

XI – Alberto Caieiro, Karl Marx, Thomas Piketty

XII – Robespierre, Santo Agostinho, Heráclito

XIII – John Donne, Marcel Mauss, Ludwig Wittgenstein, R. Descartes, S. Coleridge, Baudouin de Boulogne.

XIV – C. Drummond de Andrade, Friedrich Nietzsche, J. J. Rousseau

XV – Marcel Mauss, padre Manuel de Nóbrega, Aristóteles

XVI – J. J. Rousseau, João Cabral de M. Neto, C. G. Jung, São João da Cruz, Baruch Espinosa, F. Hegel

XVII – Stephen Hawking, Elomar, Arthur Schopenhauer, Albrecht Dürer

XVIII – Gilles Deleuze, Matheus apóstolo

XIX – Fritjof Capra, C. Drummond de Andrade

XX – David Hilbert, Ludwig Wittgenstein, Joule/Helmholtz, Homero, Daniel Faria, Kurt Gödel, Fernando Pessoa, Platão, Heráclito, Boécio

XXI – Samuel (profeta), C. Drummond de Andrade, Baudelaire, Nelson Rodrigues, Hipócrates, Fiódor Dostoiévski, Lineu, Aristóteles, Paulo apóstolo

XXII – Aristóteles, Hesíodo, Hegel, Cícero, Kant, Baudelaire

XXIII – Bezerra de Menezes, Aristóteles, Joseph Conrad, Miguel de Cervantes, F. Hegel

XXIV – Glauber Rocha, Virgílio

XXV – Luís de Camões, Aristóteles

XXVI – Heráclito, Henri Poincaré

XXVII – Charles Fourrier, Simone de Beauvoir, Judite Butler, Guilherme de Ockham, Péricles (o grego)

XXVIII – Isaac Newton, John Keats, Miguel de Unamuno, R. Descartes, Aristóteles

XXIX – Mao Tsé-Tung, W. Shakespeare, Noel Rosa, Platão, Benvenuto Cellini

XXX – Soren Kierkegaard, Sófocles, Aristóteles, Vinicius de Moraes

XXXI – E. Kant, São Jerônimo, B. Russell

XXXII – Aristóteles, Pascal, Hegel, Luiz Gonzaga, Fermat, Santo Agostinho, Voltaire

XXXIII – Heráclito, Bernoulli, Newton

XXXIV – Gertrud Stein, Vicente de Carvalho, Mestre Eckhart, W. Wordsworth, Machado de Assis, Homero

XXXV – Martin Heidegger

XXXVI – F. Kafka, R. Wagner, São João da Cruz

XXXVII – Soren Kierkegaard, Pierre Ábelard, E. Levinas, J. J. Rousseau

XXXVIII – Platão, Martin Heidegger

XXXIX – Charles Baudelaire, Werner Jagger

XL – Charles Baudelaire, Hesíodo, Homero, E. Kant, Beatles, Paulo apóstolo

XLI – C. Drummond de Andrade, Hipócrates, Charles Baudelaire, E. Kant, Miguel de Unamuno, Galeno, Platão, Mia Couto

XLII – Hermann Hesse, Miguel de Unamuno, São Tomás de Aquino, Friedrich Nietzsche

XLIII — Jean Calvin, John Duns Scotus, G. Pico della Mirandola, Goethe, Voltaire, Sêneca

XLIV – Dante Alighieri, C. Drummond de Andrade, Miguel de Cervantes, E. Kant, Edmund Burke

XLV – H. Duvernois, F. Hegel, G. K. Chesterton, J. L. Borges, Publio Terêncio, F. Kafka

XLVI – Gregório de Mattos, Fiódor Dostoiévski, S. Freud, Karl Marx, São Bento de Nursia

XLVII – Paulo apóstolo, Santo Agostinho

XLVIII – Aristóteles, Epíteto, G. K. Chesterton, Machado de Assis, Platão, Calderon de La Barca

XLIX – Karl Marx, Santo Agostinho

L – Thomas Morus, Harold Bloom, Proust, Newton, S. Ignácio de Loyola, Erving Goffman, Leibniz, H. Bergson, São Bernardo

LI – J. L. Borges, Dante Alighieri, Maomé

LII – Enéas (o cardiologista), Hegel, Napoleão Bonaparte, Olavo Bilac, Friedrich Nietzsche

LIII – Hipócrates, R. Descartes, Martinho Lutero, Caio Valério Catulo

LIV – E. Durkheim, Soren Kierkegaard, V. Lênin

LV – V. Lênin, M. McLuhan, Newton, Olavo Bilac, Martin Heidegger, Daniel Faria

LVI – Friedrich Nietzsche, Soren Kierkegaard, Vicente de Carvalho, Miguel de Cervantes

LVII – Platão, Schopenhauer, H. Thoreau, João Cabral de M. Neto

LVIII – Dante Alighieri, J. L. Borges

LIX – Soren Kierkegaard, Hesíodo, Freud, Bert Hellinger, Florence Nightingale, Hegel

LX – João Cabral de M. Neto, Mario Monicelli, Michael Jackson

LXI – Platão, Calderón de La Barca, Mao Tsé-Tung

LXII – Hipócrates, Machado de Assis

LXIII – Heidegger, Augusto dos Anjos, Heráclito, Goethe, G. Frege, Walt Whitman

LXIV– G. Lukács, K. Marx, J. J. Rousseau, Miguel de Cervantes